Viktor Kamerer

Der Junge der Liebe ausstrahlt

AF146095

Lesen Sie auch:

Reliquie - *Ein religiöser Gesellschafts- und Mysteryroman*

DER AUTOR

VIKTOR KAMERER, geboren 1976, absolvierte kaufmännische Schulen bis zum Mittleren Management und arbeitete in einem Großhandel, bis er sich dem Schreiben widmete. Seit 2017 veröffentlichte er ein Band mit Kurzgeschichten und fünf Romane, alles beim Twentysix Verlag.

VIKTOR KAMERER

DER JUNGE DER LIEBE AUSSTRAHLT

Roman

Bibliografische Information der Deutschen Nationalbibliothek:

Die Deutsche Nationalbibliothek verzeichnet diese
Publikation In der Deutschen Nationalbibliografie, de-
taillierte bibliografische
Daten sind im Internet über dnb.dnb.de abrufbar.

TWENTYSIX – Der Self-Publishing-Verlag

Eine Kooperation zwischen der Verlagsgruppe Random House
und BoD – Books on Demand

Herstellung und Verlag:

BoD – Books on Demand, Norderstedt

ISBN: 9783740724672

Inhalt

TEIL 1

1960er 1970er

1

Ich glaube es kaum, denn sechsundsechzig Jahre als ist er geworden. Doch was war geschehen? Wie hat er sein Leben bis dahin gebracht und was hat ihm ein Ende bereitet?
Weshalb muss ich ehrfürchtig sein und in Trauer reden, wo sein Leben doch ein Fest und er ein Zeremonienmeister ist. Liebevoll und spaßig ist er, mächtig und mit einem großen Lächeln.

Doch schauen wir mal sechsundfünfzig Jahre zurück und begeben uns nach Russland, genaugenommen nach Sibirien, dort, wo Johannes aufgewachsen war zwischen sechs anderen Geschwistern, der Mutter und seinem heißgeliebtem Vater Ferdinand. Ferdinand hatte Johannes sehr lieb, so wie ein Vater vernarrt ist in einen wundervollen Jungen.

Mutter Gerda war Hausfrau und bewirtschaftete eben auch den familiären Bauernhof, wo auch die Kinder notwendigerweise mithelfen mussten. Damals gab es sehr viele Bauernhöfe in Russland.

Man schuftete als Deutscher doppelt so viel und so hart als es ein Russe tat, und es machte auch zwischen den Russen die Runde, dass die Deutschen ein fleißiges und ordnungsliebendes Völkchen sind.

Als Johannes, der in Russland noch Wanja hieß, zehn Jahre vollendet hatte, da war er mit seinem Vater Ferdinand mit dem Motorrad unterwegs. Sie waren schon auf dem Weg nach Hause, nach Kanna, als das Wetter sich anschickte, ungemütlich zu werden.

Die Straßen waren sehr schlecht ausgebaut, es war mehr ein Feldweg als eine befestigte Straße auf der Ferdinand mit Johannes sich aufhielten.

Unser Johannes hatte sich recht früh eine außerordentlich schöne Ausstrahlung angeeignet, die ich später in einem Lied als liebevoll bezeichne. Und ich habe Recht wenn ich bis zuletzt sage: »Er ist ein Liebeausstrahlender«.

Das war es mit aller Sicherheit, was Ferdinand an seinem Johannes so faszinierte, was dem Vater ans Herz ging. Die Liebe zum guten Sohn.

Die Lage in Russland war nicht allzu schlecht, doch sie schufteten eben, und eigneten sich im eigenen Betrieb Dinge wie Fleisch, Käse und Milch an. Ohne diese Dinge wären sie alle verhungert.

Der sowjetische Staat stellte Pläne auf, wie viel die Bauern an Lebensmitteln zu produzieren hatten, und die Pläne wurden in der einen Hinsicht immer übertroffen. Was für ein wunderbarer Staat, der so produktiv und reich ist.

In der anderen Hinsicht hatte das Volk nur wenig von den Zahlen der Republik. Was blieb war das Mittagessen auf dem Tisch und der Titel »Mitarbeiter des Monats«. Die Regale standen leer und fragte man eine angestellte Verkäuferin nach Produkten, kam des Öfteren der Ausspruch: »Wir haben nichts, oder sehen Sie hier etwas stehen«?

Eine Unverschämtheit.

Die Staatsdiener wurden gut versorgt, die Direktoren ließen sich Obst und andere Lebensmittel per LKW an den Keller fahren und da war es nur verständlich, dass das gemeine Volk sich auch mal etwas nahm, was nicht gesetzmäßig war.

Man schrieb auch mehr an Arbeitsstunden und Produktivität auf, was wiederum das Bruttoinlandsprodukt zu überirdischen Höhen verfälschte.

Wer kommunikativ war konnte schnell Kontakte knüpfen, die Gold wert waren. Lieber hundert Freunde als hundert Rubel. Der freche kam unterdessen viel besser durch als der Schüchterne und der Brave.

Der Zurückhaltende musste tief sinken in diesem Land oder er suchte sich einen Sprecher aus der Familie, der für ihn das eine oder andere regelte.

Johannes saß hintendrauf und Vater Ferdinand kämpfte sich durch den schlammigen Boden. Doch als es mit dem Motorrad wegen des Schlammes nicht mehr weiterging, stiegen sie ab und Vater Ferdinand schob das Motorrad per Hand ein paar Meter weit.

Was tun in dieser Lage? Bei dem Regen würde sich Johannes sicherlich erkälten, mit seinen gerademal zehn Jahren. Das wollte Ferdinand in jedem Fall verhindern und so kam ihm eine Idee, als er einen LKW heranfahren sah, der besser durch den schlammigen Boden kam als Ferdinands Motorrad.

Ich vermute, dass den Russen der Straßenbau nur wenig wert war, auch wenn Geld für befestigte Wege da gewesen wäre. Sicherlich hätte man den Regierenden und Parlamentariern ihre pompösen Gehälter kürzen können und das gemeine Volk hätte damit besser gelebt. Die Straßen hätten asphaltiert sein können, und die Keller der Direktoren wären, ohne Produkte, leer geblieben. Die Kommunisten in der Partei hätten keine Vergünstigungen und Bevorzugungen erhalten, doch die Regale der Lebensmittelläden wären voll gewesen. Alles hätte besser sein können, obwohl die Deutschen in Russland doch zufrieden waren mit ihrem Leben dort. Sie hatten das Nötigste, was Luxus ist wussten sie allerdings nicht. Und so war man mit dem Wichtigsten im Leben versorgt und lebte so nicht schlecht.

Ferdinand winkte den LKW-Fahrer heran und sprach ihn freundlich an. »Genosse. Wir kommen hier mit dem Motorrad nicht weiter. Ich werde es schieben, aber nimm doch bitte meinen Sohn bis nach Kanna mit. Du würdest damit eine gute Tat tun. Der Junge holt sich sonst noch eine Lungenentzündung und das will doch keiner von uns. Er ist schließlich erst zehn Jahre alt«.

Der LKW-Fahrer sah sich Vater und Sohn an und sein gebrochenes, russisches Herz tat sich auf. Er winkte den kleinen Johannes heran, der ohne zu zögern sogleich einstieg. Dann bat der Genosse

Ferdinand darum, einzusteigen, dieser aber verneinte das. Er müsse das Motorrad nach Hause schieben. Und obwohl Johannes hierbei ein untrüglich mulmiges Gefühl hatte, musste er doch seinen Vater zurücklassen, der nicht mit sich verhandeln ließ. Denn das Wort des Vaters war für ihn Gesetz, Respekt gegenüber den Eltern wurde damals großgeschrieben. Heute ist man da flapsiger. Viele Eltern und Kinder haben heute zudem sogar eine freundschaftlich harmonische Verbindung.

Johannes hatte Tränen in den Augen als er dem Vater hinterher winkte, der im Begriff war sein Motorrad bis nach Kanna schieben zu wollen. Die Fahrt über sprach Johannes kein Wort, der Genosse aber umso mehr. Als der Genosse aber eine Trauer in des Jungen Gesicht bemerkte, hatte er Mitgefühl: »Mein überaus teurer Kumpane. Gleich sind wir in Kanna und dein Vater kommt uns sogleich hinterher. Mache dir doch keine unnötigen Sorgen«.

Es wurden im Großen und Ganzen dann doch zwei Stunden, die vergingen, bis der werte Ferdinand mit seinem so verehrten Motorrad in Kanna ankam. Die Kinder sahen geschlossen und neugierig zum Fenster hinaus und riefen die freudig gestimmte Mutter Gerda herbei, als sie Ferdinand herankommen sahen. Ihr Vater war klitschnass und hustete sogleich und ohne Pause, als er ins Haus hereinschritt. Mutter Gerda half ihm die Stiefel auszuziehen und legte ihm eine Decke über den Rücken. Er setzte sich erst einmal und erzählte wie er sich dort draußen in der Kälte durchgekämpft und ausgeharrt hatte.

Johannes` ältere Schwester Theresa machte sogleich allen Tee um sich aufwärmen zu können und man saß zusammen und genoss die Gemeinschaft der Familie.

Johannes sah immer wieder zu Vater Ferdinand hinüber, trauerte und flüsterte »Papa« und immer noch hatte er Tränen und ein rotes Gesicht, welches seine Sorge um Vater aufzeigte.

»Papa«, sagte Theresa, die älteste Tochter und nahm seine schwache, leidgeprüfte Hand in die ihre.

»Warum nur hast du das Motorrad nicht liegen lassen«?

Ferdinand schluckte einmal und meinte, das Motorrad sei viel wert und es wäre sicher gestohlen worden, hätte er es am Wegesrand zurückgelassen.

»Ich hoffe nur du hast dich nicht zu sehr verausgabt da draußen in Wind und Sturm, Ferdinand«, sagte Mutter Gerda zuvorkommend und besorgt.

»Nur keine Sorge, mein Liebes«, hustete der Familienvater hervor. »Ich werde es schon noch überleben«.

Sie hatten zwar keine Medikamente im Haus, doch Hausmittelchen gab es im Überfluss, wenn man wusste, was man so als Arznei verwenden konnte. Wadenwickel wirkten Wunder und geschröpft wurde auch immer mal wieder. Verschiedene Kräutertees waren auch angenehm und hilfreich und man schmierte bei Erkältung auch die Sohlen mit Petroleum ein. Das alles waren diese berühmtberüchtigten Hausmittel seinerzeit, die die Deutschen zum Teil später in Deutschland weiter anwandten.

Vater Ferdinand sah gar nicht gut aus, konnte sich daraufhin einfach nicht erholen, lag ständig im Bett, hustete und schnupfte. Hatte Schmerzen. Als es nicht besser wurde, schleppte sich Ferdinand zu einem Arzt, der die Diagnose sofort parat hatte, allerdings nichts dagegen ausrichten konnte. Und so musste sich Johannes` Vater irgendwie zuhause auskurieren.

Ferdinand rief, in einem Grauen gefangen, Gerda ins Schlafzimmer an sein Bett.
»Wir wissen beide, es ist eine schwere Lungenentzündung, der nicht beizukommen ist. Ich wünsche mir jetzt von dir, dass du unsere Kinder taufen lässt.

Vielleicht gibt es ja doch einen Gott und ich will nicht schuld sein gegenüber den Kindern«.

Gerda weinte und lief schnurstracks aus dem Schlafzimmer, an den Kindern vorbei, die nun einer nach dem anderen ins elterliche Zimmerchen hereingerufen wurden.

Johannes wusste da, dass die Stunde geschlagen hatte und der große liebevolle Vater seine beste Zeit hinter sich gebracht hatte. Er spürte was los war, als er in das Schlafzimmer hereingerufen wurde und so hatte er tränenüberströmte Augen, solche, wie er sie als Erwachsener nie mehr wiederhaben würde.

Sein Vater war immer groß und stark, jetzt lag er da, hilflos und schwach, kränkelnd. Er winkte Johannes heran und flüsterte ihm zu:

»Du bist ein lieber Sohn. Ich habe dich sehr lieb. Mache nur weiter wie bisher. Ich bin stolz auf dich, Wanja«.

»Papa. Ich habe dich lieb. Wenn du nur aushalten würdest. Bleib bei uns, Papa. Ich brauche dich«.

»Mein Sohn. Meine Zeit ist gekommen, dein Leben fängt erst an. Lebe so wie ich gelebt habe. Du weißt doch wie ich bin, Wanja. Nehme mich zum Vorbild, dann wird dein Leben wunderschön werden. Glaube mir das. Wenn du groß und stark sein wirst, dann kann dir das Leben und niemand sonst etwas

Schlimmes antun. Ich sehe dein weiteres Leben schon vor meinen Augen. Du wirst dich durchsetzen, ja Wanja«?

»Ja Papa. Ich werde groß und stark und werde mir nichts gefallen lassen«.

»Weißt du, Wanja. Eigentlich bist du schon ein ganz Starker. Wenn du nur wüsstest wie lieb ich dich habe«.

Kurze Zeit später stand die Wolkendecke am Himmel starr und undurchsichtig da. Ferdinand, der geliebte Vater von sieben Kindern und Ehemann einer tüchtigen Frau, verstarb an der Lungenentzündung. Die Diagnose war einfach, für damalige Verhältnisse in der Sowjetunion, zu derb. Damals verstarb man noch an einer solchen Lungenentzündung, heute gibt es Medikamente, die eine Erholung in der Regel garantieren. Die Ärzte hatten damals auch kein großes Interesse bei gleichbleibendem, relativ geringem Gehalt große Sprünge zu machen und die Mutter Theresa zu spielen. Dennoch gab es eine hervorragende Ausbildung für angehende Ärzte dort, allerdings lebte Ferdinand mit seiner Familie auf dem Land wo wirklich Ärzte rar gesät waren.

2

Dieser Tod seines Vaters hatte Johannes dennoch nicht müde und schüchtern werden lassen. Er war vielmehr stärker als jemals zuvor. In den Schulferien, im Alter von vierzehn, fünfzehn Jahren, schwang er sich aufs Pferd und hütete mit seinem treuen Hund Sobol einige Kühe. Als Johannes zur Rast auf einer Wiese Platz nahm, stupste ihn Sobol an, denn der Hund hatte einen Hasen gesichtet und wollte einfach die Erlaubnis von Johannes, die Jagd auf den Hasen zu eröffnen. Johannes erkannte sofort was sein Sobol vorhatte und machte eine Kopfbewegung, die dem Hund klarmachte: ja er könne nun dem Hasen folgen und ihn einfangen.

Einige Minuten später kam der Hund Sobol ganz traurig, mit hängendem Kopf und trockenem Mund, zu Johannes zurück. Es war dem Cowboy klar, dass der Hund den Hasen nicht eingefangen hatte. Doch Johannes munterte ihn auf, indem er ihm kräftig das Fell streichelte und ihn mit verzeihendem, menschlichem Gesichtsausdruck wieder die Größe gab, die er vor der Jagd mit dem Hasen denn hatte.

»Ist nicht schlimm, Sobol. Du fängst morgen einen anderen. Da bin ich mir sicher. Bist ein treuer und guter Hund, mein lieber Sobol. Jetzt setze ich mich wieder aufs Pferd und wir schauen, dass die Kühe uns nicht ausbüchsen. Ja, Sobol«?

Der Hund sah ganz freudig aus und konnte es kaum erwarten, dass Johannes, auf dem Pferd und mit ihm, weiter die Kühe zusammenhalten würde.

Johannes sah sogleich, dass eine Kuh sich wohl ein wenig von der Herde weggeschlichen hatte und so pfiff er Sobol heran, der Hund möge doch bitte die Kuh wieder zurück in die Herde treiben. Sobol war ein intelligenter und wunderbarer Hund und Johannes hatte eine tolle Beziehung zu ihm aufgebaut. Er war sich sogleich sicher, was zu tun war und so fing er tatsächlich die meuternde Kuh wieder ein. Als die Herde wieder eine Einheit war, tapste Sobol zu Johannes und seinem Pferd herbei und holte sich vom Jugendlichen ein großes Lob ab. »Das hast du aber ganz toll gemacht, Sobol. Bist ein guter Gefährte«. Der Hund bellte ein paar Mal aus lauter Freude und hatte im nächsten Augenblick schon wieder die Kühe im Blick. Diese Geschichte erzählte Johannes mir das eine oder andere Mal, und er unterstrich dabei, die hervorragende Zusammenarbeit zwischen Sobol, dem Pferd und sich selbst. Dieser Ferienjob war für Johannes eine gute Schule für sein weiteres

Leben, denn er erlernte den Umgang des Menschen mit seinen Tieren.

Der Hund blieb Johannes bis heute in Erinnerung, noch lange nachdem Sobol umgekommen war. Er hatte sich nie mehr wieder einen Hund angeschafft. Sobol sollte der erste und einzige für ihn gewesen sein.

3

Als er etwa zu dieser Zeit die achte Klasse besuchte, hatte er das Anliegen, nach dieser Klasse, eine musikalische Ausbildung in Barnaul zu starten.

Nach der achten Klasse war es möglich eine Berufsausbildung zu beginnen, nach der Zehnten konnte man gemeinhin studieren gehen. Die Familie hielt weiterhin zusammen. Sie wussten, dass man zusammen stark sein würde, wenn man sich nur redlich bemühte.

Johannes machte sich keine großen Gedanken über den Bauernhof der Familie; wer will es ihm verübeln?

Schließlich hatte man Träume und Ziele, und Instrumente zu erlernen wäre eine todsichere, schöne Angelegenheit. Er würde sein Gehalt als Musiker im Staate Sowjetunion erhalten, so wie alle anderen, doch er hätte einen Beruf der ihm sicherlich Freude bereiten könnte.

»Mutter. Also heute fahre ich nach Barnaul, wie besprochen. Ich freue mich schon tierisch darauf. Mutter, wenn das klappt, dann bin ich glücklich. Wenn ich Musik lernen darf, dann ist die Welt in Ordnung«.

Mutter Gerda machte ein missmutiges Gesicht, gefolgt von einem neutralen, um Johannes nicht zu zeigen was sie wirklich davon hielt. Was da in ihrem Kopf vor sich ging würde Johannes erst später erfahren. Die Angelegenheit war schwierig bis unmöglich, doch für Johannes war die Sache glasklar: Er durfte diese Ausbildung machen, allerdings gab es dafür erst einmal eine Prüfung, der sich auch der junge Johannes unterziehen musste.

Mutter Gerda verabschiedete ihren Sohn mit einem Kuss auf die Wange, die anderen Geschwister klopften ihm entweder auf die Schulter oder gaben ihm die Hand. Sogleich würde sich Johannes in den Zug setzen und die Fahrt nach Barnaul über sich ergehen lassen. Distanzen waren in der Sowjetunion eine heikle und besondere Sache, denn das Land war groß und die Dörfer und Großstädte hatten so ihre Entfernungen.

Im Zug sah sich Johannes die Landschaft der Republik Altai, die an ihm vorbeizog, aus dem Fenster an. Das Gebiet beheimatete eine Steppe, die langläufig und weit daherkam. Eine Wüste ohne Sand, eine Graswüste kann man behaupten und sagen. Eine meditative Stimmung schaltete sich bei Johannes dabei ein. Er genoss die Fahrt sichtlich, war im Hier und Jetzt. Brauchte sich auch keine Gedanken zu machen, was eben seine Art ist.

In der Nacht kam er im Bahnhof von Barnaul an und dachte darüber nach was zu tun war, schließlich war die Musikprüfung erst am nächsten Morgen anzugehen, und so kam er zum Entschluss, in diesem Bahnhof zu bleiben und dort demütig und überzeugt die Nacht zu verbringen. An ein Hotel war gar nicht zu denken, doch er hatte sich bereits dazu eingerichtet an diesem Ort zu verweilen, die frische Luft vor dem Bahnhof einzuatmen um dann zum Schlafen auf einer Bank an einem Gleis niederzugehen. Er legte sich also auf die Bank auf Gleiß drei und verstaute seinen Rucksack am Kopfende. Innerhalb einer halben Stunde war er weggedöst, und schlief tief und fest auch wenn er damit rechnen musste, dass Polizeibeamte ihn jeden Moment aufwecken und wegscheuchen könnten.

Dieser Augenblick, in dem er da schlief, den kann ich sehr gut verstehen, denn auch ich hatte einmal eine Nacht auf einer solchen Bank verbracht, als kein Zug mehr in einer Nacht in Stuttgart in Richtung meines Heimatortes fuhr. Auch ich schlief ein und erwachte um fünf am Morgen, um den nächsten Zug um halb sechs zu nehmen.

Ich hatte das also von Johannes übernommen, dieses Verhalten hatte sich wohl in den Genen eingebrannt und war auf mich übergegangen. Allerdings war nicht viel anderes von ihm bei mir gelandet, in den Jahren meiner Jugend und im jungen Erwachsenenalter. Ich war faul und stinkig, bequem und ungenießbar. Erst viel später hatte ich erfahren was es heißt wie Johannes zu sein, sich zu fühlen wie mein Vater Johannes sich in seinem Leben fühlt, worin er fleißig und hilfsbereit ist, ein echter Gentleman und guter Freund.

Es ist spät, vielleicht zu spät. Ist es noch möglich sein Freund zu werden, oder ist der Zug bereits abgefahren? Darf ich noch viele Jahre mit ihm verbringen oder trennt das Schicksal Vater und Sohn?

Damals, in den Sechzigern, war meine Lebenslinie durch Johannes bereits vorgezeichnet mit dem Charakter von Johannes. Gespräche über seine junge Zeit blieben mir für heute im Gedächtnis hängen und ich weiß jetzt, dass sein ganzes Leben ein Feuerwerk ist und einen Zauber innehat.

Es ist der Zauber seines Charmes, das macht ihn aus. Das ist er durch und durch und dieses Bild, dieses Image, strahlt er immer wieder aus.

Diese Herrlichkeit hatte er auch am nächsten Morgen aufgelegt, als er vor den Saal der Prüfungskommission trat. Es herrschte wildes Treiben da, viele waren gekommen, doch Johannes war nicht wie jeder andere. Er hatte durchaus Talent, wie sonst ist seine Affinität zur Musik zu erklären. Er hatte sich in die Reihe angestellt und erblickte einen Jungen, der ihm angenehm und freundlich vorkam. »Hier ist echt was los, nicht wahr«? fragte der Fremde und stellte sich sodann mit seinem Namen vor: »Dimitri, ich bin Dimitri«.

»Wanja heiße ich«, sprach Johannes und war sogleich mit Dimitri verbunden.

»Was willst du denn lernen? Instrumente, oder«? fragte Dimitri den Johannes.

»Gibt es noch was anderes«?

»Klar. Du wirst gleich sehen«.

Was hatte Dimitri da für eine Anwandlung, für einen Hinweis? Worauf wollte er hinaus? Johannes war sich sicher, Instrumente waren sein Steckenpferd und was anderes kannte er einfach nicht. Er liebte die melancholischen Melodien der Instrumente, und die ausgewiesenen, bekannten Persönlichkeiten in der Musikindustrie. In Moll wurde komponiert, das ist typisch Russisch und Johannes hatte sich vehement damit identifizieren können. Er hatte sich den Gegebenheiten des russischen Staates, der Bürger, angepasst, und da waren die in Moll komponierten Lieder einfach Gang und Gäbe.

Die Texte waren ihm im Gedächtnis hängen geblieben und hatten sein Herz berührt, tief in ihm war eine gebrochene aber starke Seele, die nach Freunden und ein gutes Leben suchte und dies auch immer wieder fand.

Musik war in der Sowjetunion eine anerkannte, beliebte und erfolgsverwöhnte Angelegenheit. Sie traf bei vielen Menschen dort genau ins Mark. Neben dem Sport und der Schauspielerei ist sie bis heute sozusagen eine Chefsache. Und der Präsident würde diese Berufe alles andere als verbieten. Man sieht es heute wo Milliarden in Sotchi reingesteckt werden, nicht zuletzt für die Olympischen Spiele, aber auch danach, wo Sotchi zu einer Sportstätte aufgezogen wird.

Es gibt in heutiger Zeit Fernsehformate, die mit musikalischen Beiträgen arbeiten, eine Musikshow hier, ein Talentwettbewerb da. Vieles ist in Russland möglich und Vladimir Putin schmückt sich mit dem Reichtum und den Möglichkeiten Russlands. Eine dreistündige Sendung, wo Bürger im TV jedes Jahr Herrn Putin befragen können, ermöglicht eine Verbundenheit von Herrn Putin mit vielen Russen. Er ist ein großer und starker Führer der Nation, und wie käme es, würde er sich nicht um die Belange der Russen kümmern, und da gehören die Musik, der Sport und die Schauspielerei dazu.

Als Johannes hineingebeten wurde, trat er wie ein motivierter, gestandener Mann ein. Keiner konnte ihm etwas Schlimmes anhaben, nicht einmal die Prüfer der Kommission für die musikalische Ausbildung konnten das. Er wusste, dass er alles erreichen konnte, und als man ihn zunächst befragte, meinte er, klar, er würde gerne Instrumente erlernen. Eine Prüferin verriet ihm ein Geheimnis, sie gab ihm den Tipp, er möge doch Gesang erlernen, denn das taten nur wenige junge Männer, und schließlich war in der Ausbildung für Gesang das Erlernen von Instrumenten beinhaltet.

Johannes musste nicht lange nachdenken und gab an, jawohl, er würde gerne Gesang erlernen. Um aber sein mögliches Talent für Gesang und die Musik im Allgemeinen zu untersuchen, bat man ihn, ein ihm bekanntes Lied vorzusingen. Es gab da ein Lied, das ihm besonders am Herzen lag. Es war das Lied »Über den Moskauer Abend«, und er sang es mit Leidenschaft, einer warmen schönen Stimme, und dabei traf er auch alle Töne ohne Ausnahme.

Als er geendet hatte, sahen ihn die Prüfer von oben bis unten an, waren dann aber von ihm überzeugt. »Das haben sie gut gemacht. Sie können getrost sein, sie werden hier eine musikalische Ausbildung antreten können«.

Johannes lächelte und bedankte sich redlich. »Das freut mich sehr, liebe Genossen. Das mache ich«.

Er blieb noch einen Moment stehen, bis einer der Prüfer ihn mit einer Handbewegung hinauskomplimentierte. Er ging mit kräftigen und mutigen Schritten zur Türe hinaus und wurde bereits von Dimitri befragt.

»Alles gut, Dimitri. Sie haben mich ohne Zweifel angenommen«.

Dimitri war darüber hocherfreut, Neid oder Böswilligkeit waren ihm fremd und er hatte durch Johannes ein Lächeln auf den Lippen, als er selbst vor die Kommission trat.

Auch Dimitri bestand die Prüfung vor der Kommission. Johannes hatte vor der Türe auf ihn gewartet, denn man demonstrierte Zusammenhalt, schließlich war man sich nicht mehr fremd. Johannes reichte ihm die Hand, um ihn mit folgenden Worten zu beglückwünschen: »Dann sehen wir uns also zur Ausbildung. Freut mich sehr«.

Dimitri streckte seine Brust vor und war stolz und fröhlich gelaunt. Er hatte es ebenso geschafft, beide waren wohl Talente, schließlich konnten die Kommissionsmitglieder gut aussortieren was Talent oder kein Talent anbetraf.

Johannes und Dimitri hatten den ersten Schritt zu einem für sie wunderbaren Beruf getan, und Johannes freute sich schon darauf, seiner heißgeliebten Mutter und den Geschwistern die frohe Nachricht zu überbringen. Er war wer. Er würde ein Musiker werden. Durch und durch. Die Kommission war schließlich eine strenge Gruppe und er musste einfach bekannt und beliebt werden im Staat Sowjetunion. Es gab immer wieder große Sänger und Musiker in diesem Staat und man sortierte, wie bereits erwähnt, die Talentierten von den Nichtsnutzen aus und da das russische Herz nun mal melancholisch war, so hatte man viele solche Talente. Eine Menge Leute hatten das Musikergen in sich und nutzten das natürlich aus. Man sah es daran, ob Interesse, Motivation und Durchhaltekraft vorhanden war, und da waren die Russen und die Russlanddeutschen vorbildlich.

4

Mutter Gerda war sichtlich erfreut ihren teuren Wanja wieder zu sehen und ging mit einer Überzeugung an ein Gespräch mit ihm. Er trat ein, zog die Schuhe aus, auch den Mantel und umarmte Gerda mit all seiner Leidenschaft. Er hatte es auch ihr zu verdanken, dass er nun diese Ausbildung machen konnte. Sie hatte ihn vor der Abreise darin bestärkt, doch was war jetzt geschehen?

Sie hatte sogleich ein anderes Gesicht aufgesetzt, als Johannes mitteilte er habe bestanden. Was war geschehen, denn sie hatte ihn ja hingeschickt? Barnaul war kein Sprung zum Nachbarn. Johannes hatte sich viel Mühe gegeben. Die Fahrt, die Übernachtung im

Bahnhof und nicht zuletzt die Nervosität vor und bei der Prüfung.

Jetzt musste sie Tacheles mit ihm reden, schließlich musste sie die Familie nach dem Tod ihres Mannes zusammenhalten. Alle mussten mithelfen im elterlichen Bauernhof und das Geld musste nun mal von allen zum Wohle der Familie erwirtschaftet werden.

»Weißt du mein lieber Wanja. Ich habe dich nur gehen lassen, weil ich dachte du würdest die Prüfung eh nicht bestehen. Sieh nur: Theresa geht lernen und fällt auf unserem Bauernhof aus, und solltest du in Barnaul leben wollen, dann müssten wir dir die Wohnung dort bezahlen und essen musst du dort auch noch. Das Geld wird einfach nicht ausreichen. Es tut mir leid. Ich sage es dir so wie es ist, frei heraus. Also sei nicht traurig, wenn du bei uns bleibst«.

5

Als Theresa nun für ein Studium in einem landwirtschaftlichen Technikum die Fahrt nach Barnaul antreten wollte, hatten sie eine Idee. Johannes` Noten waren miserabel und man musste einfach gehörig etwas unternehmen und so gab Mutter Gerda nach, und ließ Johannes mit Theresa mitfahren. Sie würde dort das Technikum besuchen, er würde dort die neunte Klasse bestehen müssen, mit besseren Noten und einer Möglichkeit, damit später einen guten Beruf erlernen zu können.

Sie saßen im Zug und sahen sich an. «Ist ja doch alles gut geworden, Wanja. Nicht wahr»?

Johannes hatte seinen Kopf sogleich gesenkt und murmelte einfach »ja, alles ist klar«, hervor, nicht ohne Theresa anzusehen, ihren freundlichen Blick zu erkennen und selbst zu einem Lächeln zu kommen.

»Ich werde doch dort viel besser in der Schule sein, ja Theresa«?

»Sicher, sicher, mein Bruder. Du wirst die besten Noten von allen haben. Du bist doch für uns schon der Beste«.

»Das sagst du nur so, stimmt`s«?

»Nein, nein, Wanja. Das ist die Wahrheit«.

»Gut. Das freut mich«.

»Jetzt schlaf ein wenig. Ich werde Ausschau halten, damit wir die Haltestation nicht verpassen«.

Johannes hatte sich seine Portion Motivation von Theresa geholt, als sie ihn den Besten nannte. Alles würde gut werden, auch wenn die Musikkarriere vorbei war bevor sie angefangen hatte. Er würde die neunte und zehnte Klasse vollenden und dann womöglich etwas Anderes studieren. Vieles war möglich und Johannes war nicht simpel gestrickt. Und so hatte er noch andere Berufe im Petto, die er nach der Zehnten studieren könnte. Er würde sich noch Gedanken dazu machen und vielleicht ließ sich Mutter Gerda dann doch erweichen und er könne irgendwo in der Sowjetunion studieren gehen. Er wäre dann schon älter und könnte sich möglicherweise selbst versorgen, nebenbei Geld verdienen um seine Ausgaben entrichten zu können.

Der gute Johannes war mit Theresa auf dem Weg nach Barnaul, dorthin wo er schon vor der Prüfungskommission gestanden hatte. Doch durfte er nicht das tun, was er lieber dort hätte tun wollen. Nein, diesmal ging es in die Neunte Klasse und er musste doch endlich gute Noten einheimsen, schon jetzt, und dann nach der zehnten Klasse, denn darauf könnte schon ein Studium folgen.

Der Zug hielt am Bahnhof von Barnaul und Theresa und Johannes nahmen ihre Gepäckstücke an sich und verließen damit über den Bahnsteig den Bahnhof.

Sie fanden eine Unterkunft bei einer gewissen Baba Lisa, die sie unter die Fittiche nahm. Sie durften dort wohnen und essen, Theresa würde früh am Morgen zum Technikum losmarschieren, um im Großen und Ganzen innerhalb von vier Jahren diese Fachausbildung zu vollführen. Johannes musste die Neunte Klasse bestehen, wollte er danach – mit besseren Noten – eine Ausbildung beginnen. Aber auch für das Einsteigen in die Zehnte Klasse und dann ins Studium hinein musste er die Neunte mit Erfolg hinter sich bringen. Er war ein wenig faul, was das Pauken von Schulaufgaben anbetraf. Ich selbst war später nicht anders. So hatte ich niemals – ausgenommen der Hausaufgaben – irgendwelche Aufgaben gepaukt um bessere Noten zu erhalten. Dies hatte ich also per Gene von Johannes erhalten. Wir sind beide keine großen Freunde von Schule gewesen, aber das musste ja nicht viel heißen. Auch mit schlechten Noten sollte man einen Ausbildungsplatz oder ein Studium beginnen können.

Der persönliche Kontakt – zum Beispiel bei einem Vorstellungsgespräch – machte da auch schon etwas aus und Johannes hat eine warme, angenehme Ausstrahlung und die strahlte alle anderen um ihn herum an, und berührte ihre Herzen. Im Übrigen hat auch

34

seine Schwester, die dort mit ihm wohnte, eine solche angenehme, schöne Ausstrahlung.

Sie hatten viel Ähnlichkeit miteinander. Theresa und Johannes. Sie verstanden sich im Allgemeinen auch sehr gut, bis ans Ende ihrer Leben. Theresa war sehr eifrig in der Ausbildung, sie ist eine fleißige Bürgerin. Zuhause noch hatte sie viel gelesen und sich gebildet wie kaum ein anderer. So hat sie eine außerordentlich gute Gesprächskultur, ist gewandt mit Worten und Sätzen, und strahlt auch eine gewisse Ruhe aus.

Johannes ist aber – wie auch Theresa – schon ab und an wild und ungezähmt, dann, wenn die Leidenschaft sie überkommt. Wenn Ungerechtigkeit besteht, dann müssen sie einfach den Mund aufmachen, allerdings können sie keinem seine Bosheit ins Gesicht werfen, denn jeder hat eine Chance sich zu ändern, um sich dem Besseren zuzuwenden. Vielleicht ist dein Feind schon morgen dein Freund. Vielleicht bist du selbst mal am Boden, und diejenigen die dich schätzen, helfen dir da heraus, auch weil du herzlich mit jedem bist, egal wie tief abgründig es auch im anderen aussieht.

Johannes hat mir nie vorgeworfen, dass ich faul und frech war. Hat mir nie vorgeworfen, dass ich ungerecht oder ein schlimmer Bube war. Er besann sich fast immer nur auf meine guten Seiten und das rechne ich ihm hoch an. Seine Barmherzigkeit, die er schon in frühen Jahren gelernt hat, ist sein Verdienst und seine Gabe, die tausendfach Früchte trägt und ihm viel Gutes einbringt.

Die Zeit bei Baba Lisa war eine schöne Zeit. Johannes hat die Dame manchmal erwähnt und wenn Johannes positiv über einen spricht, dann wertschätzt und ehrt er diese Person. Ich weiß, dass er manches Mal meine Fehler gesehen und hin und wieder diese auch angesprochen hat. Dennoch ist er nie bösartig mit mir, vielmehr möchte er mein Verhalten optimieren, mich fleißiger und positiver im Umgang mit Arbeit und mit den Leuten machen.

Er wollte immer, dass ich gut werde wie er gut ist. Ob mir das gelingt werden wir im Fortschreiten dieser Reihe noch erfahren und entdecken.

6

Einige Jahre später ging es bei Johannes darum, zur Armee zu gehen, um dort seinen Dienst für das Heimatland abzuarbeiten. Zuvor gab es eine Ausstellung der verschiedenen Divisionen. Ausgestellt hatten zum Beispiel das Heer und die Marine. Letztere hatten Spezialkräfte, die ganz in schwarz in einem wunderbar geschnittenen Anzug versehen waren, und das gefiel dem Johannes außerordentlich gut. Eine solche Spezialkraft zu werden war ein Traum für ihn, allerdings stellte sich die Abteilung Marine folgendermaßen bei Johannes vor:

»Wenn du zur Marine kommst…wir haben die besten Soldaten in unseren Reihen. Das kannst du mir glauben, Genosse Kamerer«.

Genosse Johannes Kamerer glaubte das unweigerlich und seine Augen strahlten, als er sich den Stand der Marine und die Repräsentanten so von oben bis unten ansah.

»Wie lange« dauert denn der Dienst bei Ihnen«?

»Drei Jahre. Ich weiß, dass ist ein Jahr länger als beim Heer. Aber sie bekommen die beste Ausbildung im ganzen Gebiet der Sowjetischen Republik«.

Der Repräsentant presste seine Lippen zusammen und hatte einen Einfall für den jungen Johannes.

«Sieh mal, Kamerad Kamerer. Wir haben in unserer Marine auch Artilleriekräfte, die an den Küsten ihren Dienst tun. Du müsstest somit nicht auf See, bekämest aber eine gute Ausbildung und – solltest du dich dafür entscheiden – dann liegt hier die Ausbildungszeit bei lediglich zwei Jahren. Das ist doch eine sehr gute Idee, Kamerad Kamerer».

Johannes war sichtlich erfreut. Er schätzte es tatsächlich auch selbst als eine gute Sache ein. Dass er die schwarze, gut geschnittene Uniform dann aber nicht bekommen sollte, das erkannte er erst viel später.

Denn Artilleriekräfte waren nicht gleich Spezialkräfte der Armee. Spezialkräfte müssen – egal in welchem Staat - eine vieljährige, intensive Ausbildung durchlaufen, und das hatte Johannes wohl nicht bedacht.

Und so kam er zur Artillerie an die Ostküste, bei Wladiwistok, wo es zu den Chinesen und Japanern nicht mehr weit gewesen war. Sollte ein Krieg mit den Chinesen ausbrechen – und das geschah tatsächlich -, dann war diese Gegend Ort für einen solchen Angriff der Chinesen. Gott sei Dank fand ein solcher Krieg nicht zu dem Zeitpunkt statt, als

Johannes seinen Dienst an der Waffe vollführte. Die Angst schwirrte zwar nicht im Kopf von Johannes mit, doch ich hatte – als ich das erfuhr – ein mulmiges Gefühl.

Beinahe war mein lieber, charismatischer Vater unter die Räder gekommen, wäre in eine unerbittliche Auseinandersetzung hineingezogen worden. Eine ganze Insel wurde später dabei bombardiert und versenkt, dieses Land, das Gegenstand dieses kleinen Krieges war, das gab es hernach nicht mehr. Es war untergegangen und von der Landkarte verschwunden.

Johannes hatte beim Gespräch mit mir nie eine Miene gezogen, weil es damals sehr knapp um ihn stand. Ich hingegen erstarrte und mein Blick ging hinauf, wobei ich mir die Szene ausmalte, die diese Insel und ihren Untergang betraf.

Seine Militärzeit war wohl, trotz aller Strenge, eine wundervolle Zeit für ihn. Doch er nahm auch einmal einen Urlaub, um sein Zuhause und seine Familie zu treffen. Die Vorgesetzten rechneten ihm eine Zugreise hin und zurück in die Urlaubstage hinein, plus einiger Tage Aufenthalt mit den Liebsten. Da Johannes aber ausgefuchst war wie kaum ein anderer – allerdings im positiven Sinne –, so nahm er sich vor, mit dem Flugzeug zu fliegen, was ihm noch mehr schöne Tage mit der Familie bescherte. Damit hatten die Vorgesetzten nicht gerechnet, es war aber auch nicht illegal oder verboten so zu handeln.

Sein persönlicher Auftrag war es, so viel Zeit mit den Familienmitgliedern zu verbringen wie möglich und wer Johannes kennt weiß, wie gerne er mit den Freunden und der Familie zusammen ist. Die Gesellschaft von Bekannten ist ihm sehr viel wert, daraus macht er keinesfalls einen Hehl. Er ist also gesellig und frohen Mutes, weiß darum gute Scherze zu platzieren, die jeden um ihn herum zum Lachen und Schmunzeln bringt. Es ist eine Gabe die er hat, und die ich später, erst viel später von ihm übernehmen konnte.

Das Gefühl einen guten Scherz im alltäglichen Gespräch hinauszuhauen, das ist ein Talent der großen Männer und Frauen überall auf der Welt. Dem kann keiner widerstehen. Es schmunzeln alle, die einen solchen Scherz aufnehmen, selbst diejenigen, die keine guten Scherze machen, schätzen solche Leute, auch wenn manches Mal auch ein gewisser Neid mitschwingt.

An einem Abend hatte Johannes einen Wachdienst zu leisten und saß dabei in einer Hütte auf einem Berg, oberhalb der Kaserne. Er rief sogleich unten an einem Punkt an, der zu betreten war, wenn man zur Wache hinaufgehen wollte. Der unten angesprochene Soldat antwortete Johannes sogleich:

»Kein Problem, Kamerad. Wenn Vorgesetzte hier auftauchen sollten, dann rufe ich dich an. Mache dir keine Sorgen, du sollst in jedem Fall vorbereitet sein, wenn denn der Kommandeur hier reinschneit«.

»Na gut Kamerad«, sagte Johannes. »Aber rufe mich auf jeden Fall an. Ich will nicht überrascht werden, sollte der Kommandeur zu mir heraufkommen«.

»Nein, nein, Kamerad. Ich habe ein Auge auf unseren Bereich hier unten. Die Vorgesetzten müssen zwangsläufig an mir vorbei. Ich lasse dich schon nicht hängen«.

»Soldat…Soldat. Aufwachen Soldat«. Der Kommandeur, prächtig gekleidet, stand an der Wache und rief auf Johannes ein, der seinen Kopf auf den Tisch gelegt hatte und wie ein Bär vor sich hin schnarchte.

Ein Hauptmann stand neben ihnen und sie beobachteten Johannes beim Wiedereintritt in den Moment. Johannes erschrak, als ihm bewusst wurde, dass er geschlafen hatte. Er erhob sich abrupt von seinem Stuhl und salutierte, sprach: »Herr Hauptmann. Ich halte hier Wache und melde keine Vorkommnisse. Alles ruhig hier oben«.

Der Kommandeur meinte, was spräche da der Soldat von keinen Vorkommnissen, wo er doch offensichtlich schliefe. Gewiss wäre auch alles ruhig. Dann fügte er hinzu: »Das ist ja ein Verstoß größten Ausmaßes, Soldat. Wie lange schlafen Sie hier schon? Was glauben Sie was hier los sein könnte, während Sie hier ein Nickerchen machen! Sie sind hier eine wichtige Wache«.

Der Kommandeur wurde hochrot im Gesicht und sah den Hauptmann zähneknirschend an. Der hatte allerdings verstanden und schrie auf Johannes ein: »Soldat. Sie bekommen eine Strafe. Zwei Tage Haft hier in der Kaserne. Das haben Sie sich selbst zuzuschreiben. Hätten Sie die Nacht nicht mit Feiern zugebracht, wären Sie jetzt topfit«.

Der Hauptmann beachtete den Kommandeur, der wiederum auf den Hauptmann eindrang. Als der Hauptmann des Kommandeurs Unzufriedenheit sah, schrie er erneut auf Johannes ein. »Was sage ich da? Zwei Tage Haft? Nein, Soldat. Sie bekommen sieben Tage Haft, denn es ist unverzeihlich was Sie hier bieten«.

»Klar Herr Hauptmann. Das hätte ich anders machen sollen. Gewiss Herr Kommandeur. Ich nehme die Strafe an«.

Der Kommandeur argwohnte: „Jetzt sind Sie mal nicht so klug«. Er beruhigte sich prompt in diesem Moment, wandte sich zum Ausgang und trat hinaus. Der Hauptmann sah Johannes, noch sehr enttäuscht und energisch, an und ging hinter dem Kommandeur durch die Tür.

Johannes war jetzt und hier der Gelackmeierte. Er hatte zwar eine Art Schock erlebt, doch seine Gelassenheit, die sich wie ein Faden durch sein ganzes Leben zieht, legte sich sanft auf ihn nieder. Er wusste, dass er Mist gebaut hatte und setzte sich erst einmal wieder hin. Mussten der Hauptmann und der Kommandeur gerade jetzt auftauchen, hier, wo er Wache hielt und eine Verantwortung für die ganze Kaserne innehatte?

Johannes kam eigentlich in seinem Leben mit Dummheiten sehr oft durch. Er hatte das Gefühl, hier würde es anders laufen. Deshalb blieb ihm dieser Moment, oben auf der Wache, bis in alle Ewigkeit im Sinne und im Gedächtnis. Wenn er daran dachte, dann hatte er klare Bilder vor sich, wie dieser Abend denn verlaufen war. Er sah das rote Gesicht des Kommandeurs und die Unbeherrschtheit des

Hauptmanns, der ihm mehr auferlegte als nötig war, nur weil der Kommandeur dieser Kaserne außer sich war vor Wut. Als die Offiziere gerade zur Tür hinausgingen, da klingelte das Telefon bei Johannes auf der Wache. Es war der Kamerad von unten, aus der Kaserne, der sogleich sprach: »Hör mal, Kamerad. Der Kommandeur und ein Hauptmann sind gerade auf dem Weg zu dir«. Johannes verspannte sich und meinte, nun sei es bereits zu spät, die Herren Offiziere wären bereits hier gewesen und er habe geschlafen. *Das man sich auf die Leute nicht verlassen kann.*

Eine solche Situation hatte ich selbst, beinahe drei Jahrzehnte später. Ich hatte den Kommandeur meines Bataillons zu einem Treffen in ein Nachbardorf gefahren. Ich stellte die Opel Vectra Limousine direkt vor dem Eingang des Gebäudes ab, blieb aber im Fahrzeug sitzen, um auf das Ende der Zusammenkunft auszuharren und um den Kommandeur danach wieder zurückzubringen. Die Uhr im Wagen zeigte zweiundzwanzig Uhr an und ich alberte ein wenig herum, öffnete dabei ein Fach und nahm ein Buch von John Grisham hervor um darin zu lesen. Was dann geschah war gefährlich für mich. Der Kommandeur kam zurück und sprach zu mir: »Was lesen Sie denn da«? Ich erschrak genau in diesem

Moment, erwachte, schaute fix auf das Buchcover und nannte den Namen des Buches. »Die Kammer«. Irgendetwas musste er gespürt haben, als er sogleich nachfragte: »Haben Sie geschlafen«?

»Nein«, log ich ihn - voll auf der Höhe – an, und startete den Opel. Die Fahrt war sehr ruhig verlaufen. Ich wusste ich war einer Strafe gerade mal so entronnen.

Dieser Augenblick, als man erwischt wird, den hatten Johannes und ich gleichermaßen. Es ist als lebte der Sohn das Leben seines Vaters unbewusst nach. Das Vorbild – und das ist er später unweigerlich geworden – war sehr wichtig für mich geworden. Einige Jahrzehnte später kleidete ich mich in den Klamotten meines Vaters und mimte ihn immer mal wieder nach. Ich habe heute die Einstellung und die Gefühle von Johannes übernommen, auch wenn ich noch nicht ganz da angelangt bin, wo Johannes schon lange gewesen war. Er war frühreif. Ich war spätreif. Das war ein großer Unterschied zwischen uns. Erst mit Vierzig bin ich dort angelangt, wo man schon mit dreißig drinstecken sollte.

In den nächsten Wochen sprach der Hauptmann den zuständigen Hauptgefreiten auf Johannes` Strafe an. Ob dieser wohl die auferlegte Woche im

Gefängnis verbracht habe. Der Hauptgefreite kannte Johannes sehr gut, sie waren quasi miteinander befreundet und so schob der Freund die Strafe immer wieder hinaus, um Johannes davor zu bewahren die geforderte Woche abzusitzen.

Die Sache lief rund und die Strafe war sodann in Vergessenheit geraten und Johannes glimpflich davongekommen. Seinem Freund und Hauptgefreiten hatte er viel zu verdanken und man hielt bei allen Dingen zusammen. So gründete Johannes mit einigen Kameraden eine gemeinsame Kasse, mit der man für alle zusammen Zigaretten kaufte. Dass Johannes ein guter Kumpel ist, zeigte sich auch, als er sich eine eigene Hose genäht hatte, eine, die der geliebten Spezialeinheit nahekam. Nur die Farbe war anderes. Als aber seine Gruppenmitglieder sahen, wie gut Johannes` Hose saß, wollten alle solche Hosen und Johannes erklärte sich bereit die Hosen der Kameraden umzunähen, sodass die ganze Gruppe an Freunden und Kameraden ziemlich tolle Beinkleider anhatte.

Johannes ist ein Begründer, ein Vorbild und ein Anführer. Nicht zuletzt bei der Gründung einer eigenen Familie stach er immer wieder als Häuptling heraus. Auch unter den Kameraden war er geschätzt und geehrt. Ein echter Freund, der ebenso echte Freunde suchte, und sie immer mal wieder fand.

7

»Kommen Sie herein, Soldat Kamerer«, bat ein Major den jungen Mann. Der Offizier setzte sich und bot auch seinem Untergebenen einen Stuhl an. Johannes nahm Platz, machte es sich bequem und starrte die Schulterklappen mit dem Abzeichen eines Majors an. Doch sogleich war Johannes wieder gelassen und ruhig, der Major kochte ja auch nur mit Wasser. Im Blick des ranghohen Offiziers erkannte Johannes im nächsten Moment so etwas wie Freundschaft, und so wusste Johannes, dass der Major ihm einen Gefallen abverlangen würde.

Was will der Major von mir, fragte sich Johannes in Gedanken, und legte dabei seine Hände auf die Lehnen des Stuhles. Es musste etwas sein, das der junge Soldat besonders gut konnte, etwas, das er für den Major tun musste. Der Major war fünfzig Jahre alt. Dunkle, gewellte Haare und ein Schnauzbart waren seine Markenzeichen. Hinter ihm befand sich ein großes Fenster wodurch man draußen die sowjetische Fahne im Wind stehen sehen konnte.

Der Major nahm sich eine Zigarre aus einem Etui und reichte Johannes eine weitere. Johannes nahm sie gerne an. Jetzt fühlte er sich wie ein Kommandant höchstpersönlich, allerdings entschied er, nichts abzulehnen was der Offizier ihm anbot.

Der Major war auf etwas aus, er benötigte einen Fahrer, aber keinen gewöhnlichen. Nein, er brauchte einen Lastwagenfahrer und sprach zum Soldaten Kamerer:

»Soldat. Sie haben hier in ihrer Akte angegeben, dass Sie einen LKW Führerschein besitzen. Wir brauchen Sie dafür, Lastwagen zu fahren. Sie können einen guten Dienst für ihr Vaterland leisten. Also, was sagen Sie«?

Johannes runzelte die Stirn und legte nachdenklich seine Finger an die Wange. Was war hier geschehen? Es war eigentlich harmlos, denn der Major benötigte nur einen Fahrer und Johannes kann fahren wie ein Großer.

Die Miene des Majors ergraute, als Johannes ihm folgende Einlassung machte. »Sehen Sie Herr Major. Ich habe die Stunden zum LKW-Fahrer beinahe alle gemacht. Es fehlen mir nur noch ein halbes Jahr, und die dazugehörige Führerscheinprüfung. Sie müssen mich deshalb entschuldigen, aber ich wollte Sie eigentlich nicht täuschen«.

Der Major sprach: »Und das sagen Sie mir jetzt? Warum haben Sie gelogen? Wollten Sie eine gute Stelle hier in der Armee damit erhaschen, denn Sie wissen sicherlich, dass Fahrer hier händeringend gesucht werden und einen gewissen Vorzug genießen«?
Johannes verstummte, als aber der Major ihn, mit seinem Blick, drang, gestand Johannes. »Sie haben Recht, Herr Major. Ich wäre nicht an diese gute Stelle geraten, hätte ich nicht ein wenig geschummelt«.
Der Major verstand erst nach wenigen Sekunden was Johannes hier angab, dann sprach er energisch mit Johannes.
»Wissen Sie eigentlich was Sie hier sagen, Soldat? Sie sollten sich schämen uns so zu täuschen. Dafür bekommen Sie vier volle Tage Haft. Es ist beschlossen! Fertig! Sie können wieder gehen«.
Johannes senkte den Blick, dann kam ihm eine gute Idee.
»Herr Major, vielleicht gestatten Sie mir den Führerschein hier zu Ende zu machen«. Johannes`

Vernunft übertrug sich auf den Major, der sich nun sichtlich beruhigte.

»Also gut, Sie dürfen den LKW Führerschein bei uns machen, doch die Strafe bleibt bestehen«.

»Vielen Dank, Herr Major. So machen wir es«.

»Jetzt sind Sie mal nicht so frech«.

Johannes hatte es im guten Sinn gemeint, der Major verstand aber hier das »so machen wir es« als Anmaßung gegenüber einem Vorgesetzten. Johannes war wieder einmal etwas zu mutig, und zu großartig, doch dafür lieben ihn alle so sehr. Er ist ein echter Kerl mit einer Ausstrahlung einer Liebe.

Und so durfte Johannes die letzten Stunden und die dazugehörige Prüfung machen, die er bestand. Seine erste Ausbildung war demnach perfekt. Und doch wollte er weiter darüber hinauskommen.

8

Als seine Dienstzeit beendet war, traf er einen alten Freund namens Fritz Fehlmann, und sie beschlossen gemeinsam die Reise nach Moskau zu unternehmen. Beide hatten also einen Plan, doch wie sah der aus? Was wollten Sie? Eine Ausbildung in Moskau unternehmen? Die zehnte Klasse hatten beide bestanden und deshalb war auch ein Studium möglich. In der damaligen Sowjetunion war der Abschluss der Zehnten gleichzeitig die Reife für ein Studium jedweder Art.

Sie machten sich keine Gedanken darüber, wie es dort verlaufen würde, wie ihr dann doch zuvor gestelltes Ziel, Rechtsanwalt zu werden, erreicht werden sollte. Hatten Sie Talent? Waren beide imstande Recht zu verstehen, und sich darin ausbilden zu lassen? Waren Sie gute Anwärter, die richtigen Typen für ein solches Studium?

»Johannes, lass uns gleich das richtige Gebäude finden«, meinte Fritz Fehlmann.

Und so fragten sie sich durch die Straßen von Moskau durch und strandeten vor einem großen Gebäude, in das sie sogleich hineingingen. Der Test würde schriftlich abgenommen werden, zuvor, am

Empfang, wurden sie freundlich begrüßt und zum Raum für den Test geführt. Johannes und Fritz waren frohen Mutes. Sie konnten sich wohl gut vorstellen relativ gute Rechtsanwälte werden zu dürfen. Beide setzten sich und ein Mitarbeiter der Institution reichte den jungen Leuten in der Anzahl von ein Dutzend Personen den Bogen mit den Fragen, die richtig beantwortet werden mussten. Fritz sah zu Johannes hinüber und lächelte. Johannes lächelte zurück. Der Sieg war nah. Sie würden studieren gehen, um später Staatsanwalt zu werden und dem Recht Hilfe zu leisten. Gerechtigkeit schien beiden zu dieser Zeit etwas sehr Wichtiges zu sein und ein Staatsanwalt war ein angesehener Zeitgenosse.

Nach dem Test hatten beide eigentlich ein gutes Gefühl. Die Resultate würden am nächsten Tag ausgeschrieben werden und so suchten sich die beiden Anwärter ein Zimmer für eine Übernachtung. Sie fanden eines nicht weit entfernt, und gingen erst spät zu Bett, weil sie die bestandene Prüfung feiern wollten, obwohl dies noch nicht in trockenen Tüchern war.
Wären beide etwas demütiger gewesen, hätten sie die Realität womöglich sogleich gesehen, so aber

mussten sie bis zum Morgen ausharren, um dann ihre fehlenden Namen auf dem Aushang zu begutachten.

Mist, dachte Fritz.

»Das gibt's doch nicht«, sagte Johannes.

»Das habe ich nicht erwartet, Wanja. Waren wir so schlecht, dass wir nicht auf der Liste der Erfolgreichen stehen«?

»Ja, Fritz. Das hätte ich auch nicht gedacht«.

»Und was machen wir jetzt? Nach Hause, den weiten Weg zurück, um sich von den Eltern ein Nichtsnutz schelten zu lassen«?

»Was bleibt uns anderes übrig«? fragte Johannes mit zusammengepressten Lippen, was eine Art Markenzeichen für ihn ist.

Die beiden hatten versagt, doch Johannes hatte den Lastwagen-Führerschein. Es war also nicht perspektivlos. Sie mussten nur entscheiden in welchen Ort es nun gehen sollte.

»Moldawien, Fritz. Jetzt gehen wir nicht wieder zurück nach Sibirien. Wir gehen einfach zu meinem Bruder nach Moldawien«.

»Und was soll daraus werden«? fragte Fritz erstaunt.

»Ich habe da so eine Idee, Fritz. Wir wollen doch Gerechtigkeit; das Recht verteidigen. Wir machen uns als Polizisten bestimmt ganz gut. Na? Und«? Johannes stellte den Kopf schief und wartete auf Fritz` Einlassung.

Wenn Sie jetzt tatsächlich Polizisten werden wollten, dann sehe ich das als eine Logik an, als ein Gedankengang, der Sinn macht. Sie würden jetzt nicht mehr studieren, sondern eine Ausbildung zum Polizisten anfangen. Was gab es da Schwieriges zu händeln? Stark und groß waren sie und Kampferfahrung wurde ihnen in der Armee ein wenig beigebracht. Zumindest waren sie nicht auf den Mund gefallen und waren auch körperlich dazu bereit jemanden umzustoßen, verlangte das die Situation.
Fritz freute sich sichtlich über Johannes` Vorschlag, als dieser ihm die ganze Sache schmackhaft machte, und so kauften sie zwei Tickets. Moldawien war nicht allzu weit vom Schuss, und unterkommen würden sie bei Johannes` ältesten Bruder.
Die Sache war geritzt und Fritz und Johannes stellten sich in Grigoriopol bei der dort zuständigen Polizeibehörde vor.

»Genossen. Ihr wollt euch also hier für eine Ausbildung zum Polizisten bewerben. Wie ist denn euer bisheriger Lebenslauf? Habt Ihr schon etwas gearbeitet«?

Johannes tat sich als Führer auf und sagte: »Ja klar, wir kommen direkt von der Armee. Haben dort unseren Dienst fürs Vaterland geleistet und wollen jetzt damit weitermachen und Polizisten werden«.

Fritz Fehlmann grinste und fügte an: »Ich auch«.

Der zuständige Beamte der Behörde war sichtlich angetan von den beiden Kameraden und meinte: »Phantastisch. Solche Leute wie euch suchen wir. Direkt nach der Armee hierher. Das lobe ich mir«.

Johannes freute sich, ließ es sich aber nicht anmerken, vielmehr beobachtete er den Beamten, der versuchte seinen Gedankengang zu Ende zu bringen. »Es ist glasklar, dass wir euch nehmen würden, allerdings muss ich die Angelegenheit noch vor meinen Vorgesetzten bringen. Lasst mir doch bitte eure Unterlagen da. Das sollte alles kein Problem sein«.

Johannes und Fritz zeigten ihm ihre vollständigen Unterlagen. Der Polizeibeamte schlug sie kurzerhand auf. Plötzlich fiel ihm die Kinnlade herunter. Was hatte er gesehen? Worauf war er gestoßen? Ein Geheimnis? Hatten die beiden ein Geheimnis, welches sich hier entweder als unzulänglich oder als fatal herausstellen würde?

Johannes hatte keine Schuld auf sich geladen, Fritz ebenso wenig. Sie waren einfach zwei sowjetische Bürger, die sich nicht strafbar gemacht hatten. Ihr ganzes Leben lang nicht. Was also war geschehen? Der Beamte sollte eigentlich zufrieden, gar hocherfreut sein, schließlich hatte Johannes zusätzlich eine Ausbildung am Lastwagen absolviert und könnte demnach nicht nur kämpfen und schießen. Nein. Er könnte ebenso einen LKW führen. Wer weiß welche verdeckte Ermittlung danach lechzte, dass der angehende Polizist hier individuell einsetzbar war. Und Johannes ist ein Mann, der individuell ist, schließlich machte er kurze Zeit später auch den Motorrad-Führerschein, und Pferde reiten beherrscht er auch. Der Beamte zeigte mit dem Finger auf Johannes` Ausweis und las dort irritiert vor: »Nemetz? Deutscher«?

»Ja«, antwortete Johannes und meinte weiter: »Ist das denn ein Problem«?

»Ja«, fragte auch Fritz. »Ist das ein Problem, Herr Genosse«?

»Nein, nein«, sprach der Beamte. »Wie gesagt. Wir melden uns dann bei Ihnen«.

Johannes war etwas klar geworden. Er war hier als Deutscher irgendwie… Doch sollte er lügen? Sollte er verschweigen was nur offensichtlich ist, nämlich dass er deutscher Abstammung ist? Er konnte und wollte sich da nicht herauswinden, zu stolz war er auf seine Nationalität.

Johannes presste die Lippen zusammen und verlangte seine Unterlagen zurück. Der Beamte war nur froh darüber und händigte den beiden ihre Papiere aus. Sein Gewissen plagte ihn nicht, das der beiden Deutschen aber auch nicht, schließlich mussten sie sich nicht schämen, noch sich daran hindern lassen, das zu sagen und zu tun was ihrem Naturell entsprach.

9

Im Jahre 1972 stieß die ganze Familie Kamerer zu Johannes und seinem ältesten Bruder nach Moldawien, um sich dort ganz niederzulassen, ein Leben in einem wundervollen Land, das von Trauben und Wein nur so schmachtete. Johannes gefiel das Klima sehr gut, es gab einen warmen und langen Sommer, alles blühte und gedieh.

Johannes und Theresa, beide haben bis zum heutigen Tag ein inniges Verhältnis, hatten sich einen Job an Land gezogen. Hierfür sollten sie einen Waggon per Zug begleiten. Darin war Apfelsaft, welches sie für die ortsansässige Konservenfabrik transportieren mochten.

Johannes kletterte den Waggon hinauf und zog Theresa hinterher. Oben angekommen schauten sie in die Ferne von Grigoriopol. Schneebehangen waren die Gebäude und die Felder hatten eine schneeweiße Decke übergeworfen. Es war Winterzeit, auch in Moldawien, doch der Weg, den sie nehmen mussten, war viel schwieriger, als das was sie hier sahen.

Zum Glück hatten sie einander, waren nicht alleine auf die Exkursion gegangen. Beide sind redegewandt und somit redeten sie eifrig und gut während der langen Fahrt miteinander, die Wladiwostok zum Ziel hatte.

Man muss sich das so vorstellen: Die entlegene Stadt Wladiwostok ist nicht nur entlegen. Nein, sie liegt auch auf der anderen Seite der damaligen Sowjetunion, tausende von Kilometer entfernt, und die Zugfahrt war kein Passagiertransport. Der Warentransport sollte einen Monat in Anspruch nehmen und die Nerven von Theresa und Johannes bis aufs

Letzte strapazieren. Die Kälte, der Wind, der nicht isolierte Waggon. Das alles war sehr schwer zu ertragen, auch wenn beide in Sibirien großgeworden waren. In diesem Waggon mussten sie die kalte Luft von draußen einatmen, was blieb anderes übrig? Sie wurden schließlich für die Fahrt engagiert, und mussten das jetzt durchsetzen.

Die Russen hatten immer etwas Schmiergeld dabei, und die Geschwister hatten hierfür ein paar Flaschen guten Weines mitgenommen. Möglicherweise sollten sie diesen noch gut gebrauchen können.

»Wanja. Es ist gut, dass wir zusammen dahinfahren, schließlich hatten wir auch schon in Barnaul zusammen bei Baba Lisa gelebt. Es wird Zeit, dass ein jeder von uns eine Familie gründet, aber dieses Abenteuer hier, das nehmen wir noch mit«.

»Ich glaube, dass das ein richtiges Abenteuer ist und wir nehmen auch gerne das Geld dafür, nicht wahr? Aber du hast Recht, wir sind jetzt in einem Alter, in dem man sich ruhig niederlassen kann. Eine Frau, ein paar Kinder. Das würde mir schon gefallen, Theresa«.

Theresa nahm ein Stück Brot in die Hand, und biss davon ab, dann gab sie Johannes davon, der den Rest hinunterschlang. Brot war in der Sowjetunion das Hauptnahrungsmittel. Zum Frühstück, zur

Borretsch-Suppe am Mittag und auch zum Abendbrot, wenn der Tag seinen Höhepunkt erreicht hatte und man sich noch einmal den Bauch vollschlug.

Sie hatten schnell bemerkt, dass sich die Kälte und der Frost auf die Gläser vollen Apfelsaftes drüberlegten, aber was konnten sie jetzt tun? Hätten Sie nicht ein wenig Wärme in den Waggon bekommen, dann wären die Gläser von Kälte gesprungen. So aber blieben die Gläser heil. Ein wenig Wärme bekamen sie also hin, heizten eifrig und labten auch ihre Körper an der Wärme der brennenden Kohlen. Sie schliefen und sie redeten, aßen ein wenig und fingen wieder von vorne an.

Theresa sah in die Tasche, wo ihr Wein darin lag, den sie höchstwahrscheinlich einlösen musste. So viel war beiden nun klar geworden. Wird es genug Wein zum Schmieren der Angestellten in Wladiwostok sein? Sicher werden sie den moldawischen Wein mögen. Und sicherlich werden beide ihr Kommunikationstalent benutzen, um sich in der fernen Stadt irgendwie mit den Leuten gut zu stellen.

Gedacht, getan. Sie kamen in Wladiwostok an und sprachen sogleich auf die Arbeiter und Angestellten des Zielbetriebes ein. »Wir bringen den Apfelsaft, Genossen«, sagte Johannes. »Und hier«, sagte

Theresa und überreichte den Arbeitern und Angestellten den Wein aus heimischem Anbau. »Das ist für Sie«.

»Oh, vielen Dank, liebe Genossen. Sie bringen also Apfelsaft im Glas. Also gut«. Er bedeutete seinen Mitarbeitern, sie mögen doch den Waggon entladen, und die Mitarbeiter taten es ohne zu Murren und Theresa und Johannes mussten nicht mehr darum bangen, ob sie den Apfelsaft hier an den Mann bringen würden oder nicht. Die Sache war geklärt, das Geschäft gemacht und die beiden Geschwister würden mit einem Passagierzug die Heimfahrt zurück nach Moldawien antreten.

Diese Fahrt hingegen dauerte nur sieben Tage und war sehr viel bekömmlicher als die Hinfahrt.

Sie waren erleichtert und hatten das russische System geschickt genutzt. Sowas war in der Sowjetunion Gang und Gäbe. Wer nicht schmierte, konnte hernach Tage auf einem Flughafen verbringen, um auf einen passenden Flug zu gelangen. Hatte man aber Schmiermittel, sagen wir Mal Schokolade, dann war ein Flug, am Tresen der Fluggesellschaft, schnell frei geworden, und flugs gebucht und angetreten. Innerhalb von zwei Stunden war man dann schon in der Luft, und steckte nicht fest, wo ein Tourist sein Dasein lange fristen konnte.

10

Johannes arbeitete dann als Kraftfahrer, aber später auch im Sanitärbereich und später mit seinem Schwiegervater zusammen. Doch zunächst führte er LKWs, und war sichtlich zufrieden, auch wenn der eine oder andere Lastwagen nicht gerade in Form war. So kam es auch einmal dazu, dass man ihm ein totales Wrack an LKW hinstellte, doch mutig und zielstrebig wie Johannes ist, machte er sich ran und baute den LKW wieder zusammen. Was für ein Mann, der aus einer Karosserie und zusammengesuchten Teilen einen funktionstüchtigen Lastwagen herrichtete.

Das Fahren zieht sich als schöne Sache für ihn, durch sein ganzes Leben, durch. Viele Fahrzeuge sollten in seinen Händen ihr Dasein fristen und er behandelte jedes Fahrzeug mit dem gebührenden Respekt und einer totalen Hingabe an das Gefährt.

Er kennt sich bis heute sehr gut mit Automobilen aus, weiß wie die Teile zusammen funktionieren, und wie man die Fahrzeuge repariert, sollten sie ausfallen. Ich hingegen, als sein Sohn, weiß bis heute viel zu wenig darüber, selbst heute, wo ich mehr Interesse für technische und handwerkliche Dinge hege, bekomme ich beim Automobil eins und eins nicht zusammen.

Johannes hatte mir stets nahegelegt, ihm über die Schultern zu schauen, doch ich hielt es keine zehn Minuten aus. Meine Geduld, sich alles anzuschauen, war zu gering, und meine Liebe für Johannes, ihm zur Seite zu stehen, ebenso.

Ich konnte mir nicht helfen, und konnte auch ihm nicht helfen, mein Charakter war schwach und grob, und meine Worte und Taten hart wie Stein.

Johannes hatte mir das niemals vorgeworfen. Für ihn stand der Mensch als Ganzes im Mittelpunkt. Er bewertet die Herzen der Leute, die er kennenlernt. Er schätzt sie für ihre Stärken und vergibt und vergisst ihre Fehler und Schwächen. So sollte es sein, denn wer barmherzig ist mit anderen, wird auch selbst Barmherzigkeit erlangen, sollte er mal einen Fehler begehen.

Einmal fuhr er einen Lastwagen, und hatte die Geschwindigkeit falsch eingeschätzt, sodass ein Polizist ihn aus dem Verkehr zog, und seinen Führerschein forderte. Damals war es so, dass bei Übertretungen stets ein Loch in den Führerschein gestanzt wurde. Bei drei Löchern musste man den Führerschein hergeben, dieser wurde einfach durch den Beamten vor Ort eingezogen. Johannes hatte dem Polizisten – wie es üblich war – Geld in die Hand gesteckt und konnte daher ein drittes Loch im Führerschein verhindern. Der Beamte ließ es mit sich machen, war erfreut über das Geld und der Güte des Johannes. Und Johannes war froh über die Gnade des Beamten vor Ort. Beide hatten die Szene freundschaftlich gelöst, und was kann es Besseres geben als sich einvernehmlich zu einigen. Ohne Groll und ohne jegliche Bosheit. Ohne Streit und Ungerechtigkeit. Nein, diese Situation war wie alle anderen Situationen im Straßenverkehr der sowjetischen Republik.

11

Johannes ging tanzen.

Es gab eine Diskothek im Ort und der junge Johannes hatte sich dort eingefunden. Eine seiner

Schwestern begrüßte ihn und sie hatte sogleich einen kleinen, charmanten Anschlag auf ihn vor. Sie griff ihn am Arm und zog ihn hinter sich her, bis sie vor einer jungen Deutschen namens Clara standen. Johannes fragte sich was das nun würde und seine Schwester hatte bereits mit der Vorstellung begonnen. »Hier Wanja. Das ist Clara. Wir arbeiten zusammen und sie ist eine Deutsche, wie wir«.

Dass man bei den Deutschen unter sich blieb, war dem Johannes allerdings wichtig. Er wusste um die Stärken dieses Volkes und den Schwächen der russischen Staatsbürger. Auch wenn er russische Frauen kennenlernte, so war er den Deutschen doch sehr zugetan. Das russische Volk machte es ihm nicht schwer so zu denken, schließlich wurde er bereits als Polizeianwärter von den Russen demontiert und verachtet. Er wusste, dass das deutsche Volk im Nachteil unter den Russen war, obgleich sie zielstrebiger und disziplinierter waren als das heimische Volk.

Und so tanzten die beiden jungen Deutschen im Fond der Räumlichkeiten der Diskothek und waren sichtlich angetan davon. Viele Worte wurden wohl nicht gewechselt, obgleich ich Clara und Johannes beide als sehr redefleißig kennenlernte. Ob sie aber schon in den Siebzigern so gerne sprachen, das kann ich nicht einschätzen. Bei Johannes kann ich es mir gut vorstellen. Clara nimmt sich schon mal eine Pause während den Unterhaltungen und gibt sich den Aufs und Abs ihrer Launen hin. Das habe ich von ihr. Auch ich gehe nach meiner Stimmung, was der Redebereitschaft von mir anbetrifft. Wenn ich aber mal loslege, dann quassele ich drauflos und folge meinem Image als Draufgänger. So sehen mich die Frauen zunächst. Nach einiger Zeit bemerken sie meine grundlegende Zurückhaltung und sind verwirrt ob meiner Widersprüchlichkeiten. Meine Redequalität ist nur gering, obgleich ich viel lese. Meine Eltern sind zudem beide größer im Auftreten, als ich es je sein werde. Man sagt mir auch nach, dass ich meinem Großvater sehr ähnle, der wiederum schüchtern, zurückhaltend und nur manches Mal wild und ungezähmt ist. Im Grunde bin ich wie er: Ein moderater ausgeglichener Zeitgenosse.

Johannes und Clara verabschiedeten sich, doch nicht ohne vorher ein Treffen auszumachen. Er würde am nächsten Tag zu ihrem Haus kommen, sie abholen, mit ihr reden und sie ins Kino ausführen. Sie willigte gerne ein, kokettierte aber ein wenig mit ihrer Zurückhaltung, um sich nicht gleich anzubieten. Wer kokettiert, behält Geheimnisse und gibt nur Stückchenweise seine Wahrheiten preis. So ist das mit

Clara bis auf den heutigen Tag und so kann ich sie mir auch damals vorstellen.

Johannes hingegen erzählt mehr von früher, von seinem Leben als junger Mensch, was Clara mit einem »ich weiß es nicht mehr« abtut.

Nichtsdestotrotz hatte Johannes sein Versprechen eingehalten und war am nächsten Tag an Claras Haustüre gekommen. Er klingelte und die Mutter der jungen Deutschen öffnete ihm. Sie kannte ihn ja noch nicht und so fragte sie nach seinem Vorhaben. Er erklärte ihr geschmeidig und freundlich, er wolle Clara zu einem Treffen abholen. Die Mutter rief nach ihr, doch Clara wollte – von Grund auf – nicht an die Türe kommen. Zu schüchtern, aber vielmehr zu spielerisch tat sie das Anliegen ab. Sie wollte partout nicht an die Türe kommen.

»Kann ich nicht mit ihr sprechen? Wir wollten uns doch treffen«.

»Ich weiß auch nicht…« sagte ihre Mutter.

Johannes war vor den Kopf gestoßen, aber er war keinesfalls dumm. Auch wenn er mit seinem Kommen Interesse bezeugte, so ließ er sich nicht dazu herab, zu betteln oder sich in eine Warteschlange einzuordnen. Und so ließ er es sein und vergaß die junge Deutsche schon wieder.

Clara aber hatte ihn nicht vergessen und so traf sie kurze Zeit später auf ihn. »Hallo, Wanja«.

Johannes war ein wenig wütend, und stellte sie vor die Wahrheit. »Was war denn gestern? Warum bist du nicht herausgekommen«?

»Es ging mir nicht gut«, sagte sie, und trat einen Schritt auf ihn zu. Er aber wendete sich ab und ging davon. Mit der Gewissheit ihr die richtige Antwort gegeben zu haben: Eine Abfuhr für ihr Verhalten von gestern. Was hätte er sonst tun sollen? Sie so weiter machen lassen? Sie darin zu unterstützen, dass sie mit Männern spielen könne? Aber nicht mit Wanja, nein, er war und ist zwar ein Gentleman, doch er hat seinen Stolz und wahrt sein Gesicht immerzu.

Da Clara aber wahrlich Interesse zu Johannes hegte, und er offensichtlich Deutsche mochte, trafen sie sich erneut um einen Spaziergang am Nestor zu tun. Er griff sich ihre Hand und drückte sie ganz zärtlich und mit warmen Fingern. Sie spürte Liebe in seiner Berührung und schmunzelte ganz natürlich. Hatte er es geschafft sie wieder hinzubiegen? Sie war ja eine Deutsche und so hatten sie Gemeinsamkeiten: die gleichen Vorstellungen vom Leben.

Dies zeigt sich mir, als ihr Sohn, bis heute. Sie sind gleich in der Vernunft aber auch in der Verrücktheit. Das Größte aber ist es zu helfen, einander beizustehen, füreinander da zu sein. Handwerklich oder in der Hausgemeinschaft zusammen zu arbeiten.

»Ich dachte schon, du magst nicht mehr«.

»Nein, nein«, sagte Johannes. »Wir Deutschen müssen doch zusammenhalten. Die Russen sind zwar gute Freunde, aber zur Beziehung taugen sie nicht«.

»Wie meinst du das«? fragte Clara.

»Sie geben eine Liebe gleich auf, wenn mal der Wind in die falsche Richtung weht«.

»Ach so. Ja, da hast du Recht. Sie trinken zu viel. Das macht Vieles kaputt«.

»Nun. Das Trinken haben wir von ihnen abgeschaut, Clara. Das ganze Volk trinkt, auch hier in Moldawien, wo man Trauben anbaut. Aber wir sind uns doch untereinander treu«.

»Ja, Wanja. Das ist typisch deutsch«.

Recht ist Recht. Wahrheit ist Wahrheit. Das ist deutsch und noch viel mehr gute Eigenschaften lässt sich dieses Volk der Deutschen nachsagen. Disziplin, Ordnung, Pünktlichkeit sind weitere Charakterzüge. In der Liebe aber sind die Russen einfach unwiderstehlich leidenschaftlich und traumatisch romantisch, oft schon melancholisch. Tiefgründig ist ihre Seele und ihre Liebe, und tief liegt der Boden eines Schnapsglases.

»Dieser Fluss hier, Wanja...der ist echt nicht von schlechten Eltern«.

Wanja schaute verdutzt und verstand nicht ganz worauf sie hinauswollte. Dann erzählte sie eine kleine Geschichte, in der sie mit zwei Jungs im Nestor baden war, dem Fluss, den sie zu dritt durchqueren wollten.

Die Durchquerung aber hatte sich zu einer langen Strecke gezogen. Sie kamen zuerst gar nicht ans andere Ufer, schwammen gegen die Strömung an und kamen eine Weile später doch, eine gute Strecke weiter, auf der anderen Seite des Nestors wieder aus dem Wasser.

12

1974 dann, bat Johannes bei Claras Eltern um ihre Hand. Diese gaben sie ihm gerne in die Ehe. Die Feier gestalteten sie mit Freunden und Familie unter einem Zelt hinter der Sommerküche der Eltern von

Clara. Die Feier war gut besucht und da hatten sich die Deutschen von den Russen etwas Gutes abgeschaut: Leidenschaftliches, ausgelassenes Feiern.

Die beiden passten von Anfang an gut zusammen, nicht nur weil beide Deutsche sind. Ihre beiden Charaktere ähneln sich bis heute doch sehr. Sie sind beide stark und hilfsbereit. Haben ein Gewissen und Vertrauen in sich selbst. Packen an, denn wenn man es nicht selbst tut, dann kann es dir keiner recht machen. Dieser Spruch zieht sich durch beider Leben hindurch, und selbstständiges, engagiertes Arbeiten ist hoch angesehen. Sie sind beide zwar Teamplayer, weil sie gewisse Dinge zusammen tun, allerdings kennen sie sich in vielen Dingen gut aus und können auch alleine gut bestehen.

Sie hopsten über die Tanzfläche und genossen die Hochzeit. Kinder würden bald folgen, von 1976 bis 1984, drei an der Zahl, und alle drei sind den Eltern wie aus dem Gesicht geschnitten.

Ich, Stephan, bin der Älteste. Es folgten Felix und Isabel, diese aber waren mir zuvorgekommen, weil sie früher reifer waren als ich. Sie hatten sich vorher den elterlichen Vorbildern angepasst, und das hatte ihnen sehr gutgestanden. Sie waren Mensch geworden, wo ich ein Holzklotz war. Sie hatten Blut in den Adern, wo in mir Zement getrocknet war.

Sie hatten sich viel von Clara und Johannes abgeschaut. Ich aber war starr bei dem Versuch anderen zu gefallen. Vielmehr hätte ich meine eigene Ehre und Liebe finden müssen, wo ich nur bei anderen abschaute, ohne den richtigen Versuch zu starten: Den Versuch mit Fleiß, Gefühl und Anstand aufzutrumpfen. Hin und wieder glänzte ich zwar mit Fleiß und Anstand, vor allem, um den anderen etwas zu beweisen. Doch Gefühl, ein bewusstes solches wie es mein Papa Johannes hat, das hatte ich zunächst nicht.

TEIL 2
1980er 1990er

1

Im Sommer 1983 waren wir auf dem Weg zu einem Strandurlaub nach Griechenland. Clara war gerade schwanger - mit Isabel - und die Fahrt war lange und doch nicht zu beschwerlich, schließlich waren wir Kinder, aber auch Johannes und Clara, noch jung und fidel. Wir hatten die Familie Lebermann dabei, die mit ihrem Wagen vor uns fuhr. Am Zeltplatz an einer griechischen Küste schlugen wir dann auf. Zwei große Zelte waren schnell aufgebaut, schließlich waren Johannes und Peter gewiefte Handwerker. Die Frauen kochten das Mittagessen und alle wurden mit Leckereien verwöhnt.

Nach dem Baden im Meer war es Gang und Gäbe, dass wir uns abduschten und ich war mit Johannes gerade an den Duschen angekommen. Johannes seifte mich – natürlich pflichtbewusst – von oben bis unten ein. Als ich mich ein wenig bewegte, meinte Johannes: »Stephan. Was ist denn? Bleib doch stehen, sonst kann ich dich nicht waschen«.

»Aber Papa...«

»Du musst immer deinen Kopf durchsetzen. Wenn wir duschen dann duschen wir. Jetzt lass mich dich abwaschen«.

Ich wackelte erneut und gab mich unschuldig. Ob Johannes meinte, dass ich ihn verarsche? Das war mir eigentlich fern, schließlich war ich sehr jung und nicht für Demütigungen an Papa interessiert. Johannes duschte auch noch kurz, als er mich abgewaschen hatte. Und wir machten uns daran, unsere Körper mit einem großen Handtuch abzutrocknen.

»So, fertig Stephan. Nächstes Mal bleibst du ruhig stehen. Dass du immer gegen mich schaffen musst«.

»Aber ich schaffe nicht gegen dich Papa«.

Doch Johannes sah grimmig drein, war er doch ein regelrechter Perfektionist bester Güte und da mussten wir Kinder schon richtig gute Arbeit leisten, um ihn, aber auch Clara, gut- und zufriedenzustellen.

Wir erreichten unseren Zeltplatz und Clara fragte sogleich: »Ah, da seid Ihr ja. Habt Ihr das Erdbeben gespürt«?

Ich grinste wie ein Pferd. Es war also nicht meine Schuld, dass ich beim Duschen so hin und her wippte. Ganz der Gentleman, bedauerte Johannes offensichtlich, dass er mich so angemacht hatte.

»Tut mir leid, Stephan. Ich habe ja nicht gewusst, dass es ein Erdbeben ist. Du bist mir doch nicht böse«.

Ich legte meine Arme um Johannes Bein und er streichelte mir über das Haar. Ganz zufrieden nahmen wir das Abendbrot ein und lachten - bis heute - über diese Situation. Eine Geschichte zwischen Vater und Sohn. Ein Ereignis, dass man nicht oft hat und eine witzige Auflösung, über die wir beide miteinander lachen können.

2

An einem anderen Sommer ging es per Auto mit zwei verwandten Familien nach Italien, an den Strand von Bibione. Der Sandstrand war weitläufig und brannte einem unter den Füßen. Wir hatten eine Ferienwohnung in einem strandnahen hohen Gebäude gemietet und gingen an einem jeden Morgen über den Sand, fanden immer einen Platz, um sich sonnen und im Meer baden zu können.
Johannes war mit Peter und Rainer unterwegs. Sie sprangen über den heißen Sand, wollten zu einer Hütte gelangen, wo es Bier und andere Spirituosen gab. Zwischendurch hielten sie auf dem Boden der Duschen, die es am Strand gab, einfach weil die betonierten Duschen kühl am Fuß waren und ihnen somit eine Erleichterung überkam. Als sie

schließlich an der Hütte ankamen, bestellte Johannes gleich drei Bier für die Männer. Sie setzten sich erst gar nicht, sondern lehnten sich an der Bar an, nahmen nach einigen Minuten die Biere entgegen und schlürften genüsslich und hocherfreut an den Biergläsern.

Johannes: »Hm, das Bier hier ist gar nicht schlecht. Was sagt Ihr, Männer«?

Peter war missmutig: »Hab schon besseres getrunken, Johannes«.

Rainer: »Hm. Da sage ich mal gar nichts dazu«.

Johannes: »Wollen wir uns jetzt darüber streiten, Männer? Der Urlaub ist doch so gut…«

Peter: »Wenn der heiße Sand nicht wäre…«

Rainer: »Wir haben eigentlich nichts zu meckern«.

Johannes war sich sicher und sprach: »Das wäre ja noch schöner, wenn wir uns im Urlaub aufregen würden. Schaut doch: Die Sonne scheint, der Himmel ist blau und das Wasser warm. Und wir können mal von der Arbeit ausruhen«.

Johannes sah sich die Umgebung mit voller Freude an und grinste. Hatte er doch einen guten Ort für den Urlaub ausgesucht.

Rainer nahm einen großen Schluck und meinte: »Wenn mich meine Frau hier so sehen würde«.

Johannes: »Hast du denn deiner Frau nicht Bescheid gesagt«?

Peter: »Also meine Frau weiß, dass wir hier Bier trinken«.

Johannes lächelte und sagte: »Seit wann haben Frauen was zu sagen«?

Peter und Johannes nippten am Bier und Rainer musste jetzt darüber nachdenken, hob seine Hand an seinen Scheitel, und kratzte sich da. Dieses Zeichen war typisch für Rainer und Johannes machte sich immer lustig über Rainer und seiner affenartigen Bewegung.

Als wir eines Abends vom Strand weggingen, fand ich auf dem betonierten Weg vor unserem Feriengebäude einen kleinen, goldenen Anhänger. Einen solchen, der zu einer Kette gehörte. Jemand hatte diesen Anhänger verloren. Ich nahm ihn an mich und dachte: Was mache ich jetzt damit? Als Johannes von hinten aufrückte, hatte ich eine Wahl getroffen und schenkte ihn meinem Papa, der sich sehr darüber freute. Ich hatte ihm gesagt, ich habe ihn hier auf dem Boden gefunden und ich würde mich freuen ihn ihm geben zu dürfen. Das Motiv war ein Pferd, dass sich aufrichtete und das Gold glänzte in der Sommersonne.

3

Isabel hatte sich von Johannes einen Kaba machen lassen, Milch mit Schokopulver, das durfte sie selbst in jungen Jahren trinken. Ich kann mir gar nicht vorstellen, dass wir je ohne Kaba auskamen. Felix und ich waren bereits in die Schulen unterwegs gewesen, Isabel frühstückte mit Clara und Johannes. Eine Gemeinschaft, die lange halten sollte.

Clara schmierte der Isabel ein Brot mit Nougatcreme und Johannes stellte den Kaba zu ihr auf den Tisch. Selbst tranken die Eltern Kaffee. Mit Zucker und Kaffeesahne. Marmeladenbrote waren schnell geschmiert und fanden den Weg in die Mägen der Erwachsenen. Marmelade auf Toast ist bis heute Claras´ und Johannes´ Lieblingsgericht zum Frühstück. Als Isabel ein paar Schlucke machte, schüttete sie die halbe Tasse ihres Kabas über ihre Kleidungsstücke und runzelte dabei die Stirn. Hatte sie erfasst was sie getan hatte? Wollen wir das mal nicht ausreizen, jedes Kind tut hin und wieder solche Dinge, selbst Isabels Sohn wird sich diese Auswüchse leisten. Doch Isabel hat einen Super-Papa, der ihr sofort die Kleidung wechselte. Mutter Clara brachte neue Kleider herbei, Johannes zog die Kleine um, sodass sie später mit frischen, sauberen Kleidern in den Kindergarten gehen konnte. Isabel fand es super, dass die Eltern sich so um sie kümmerten und so vertraut sie heute Clara und Johannes auch ihren eigenen Sohn an.

»Darf ich noch eine Tasse Kaba haben, Papa«? fragte Isabel. »Klar. Den bekommst du«, sagte Johannes.

»Nein«, sagte Clara. »Hast ihn ausgeschüttet«.

Und da zeigte sich, dass Clara neben Nougatbrot, zur Erziehung auch sprichwörtlich die Peitsche in die Hand nahm.

Isabel wirft es ihr heute nicht vor. Sie weiß, dass Erziehung auch mal schlimm sein kann. Und das für beide Generationen in der Familie. Den Eltern und den Kindern.

Doch Isabel hatte die meiste Liebe von uns dreien erhalten. Von Anfang an bis heute.

Ich will es ihr nicht übelnehmen. Unsere Eltern nehmen eben jeden so wie er ist. Sie ist die Prinzessin. Felix der Strahlemann, und ich war der Muffel.

Papa Johannes kippte ein paar Löffel Kabapulver in eine Tasse mit Milch, rührte herum, und stellte Isabel diese Tasse vor die Nase. Sie war natürlich hocherfreut, Mama Clara winkte nur ab. Sie konnte einfach den beiden nicht widerstehen. Zu liebevoll war Johannes in dieser Situation und Isabel war so süß, dass Mama sie einfach nicht weiter stur schelten wollte.

Und nun konnte auch Isabel ihr Nougatbrot genüsslich, mit dem Kaba zusammen, essen.

4

An einem Morgen war Clara auf der Arbeit und Johannes grub die Rasenfläche um, um einen neuen Rasen anzulegen. Er hatte gerade ein paar Spatenstiche gemacht, da kam Isabel zur Haustüre herausgerannt und war erschüttert. Etwas war geschehen und Johannes ließ das Graben sein und hörte Isabels Anliegen.

»Papa. Ich habe verschlafen«.

»Ist nicht so schlimm, Isabel«.

»Es ist schon so spät, Papa«.

»Na, dann gehst du heute halt mal nicht in den Kindergarten«.

Isabel erstarrte, dann freute sie sich über ihren coolen Vater, lächelte und sah zu wie er weiter seinen Spaten in die Erde rammte.

Sie machte Kehrt und ging zum, vom Papa für sie vorbereiteten, Frühstück. Dort stand das Nutella, eine Tasse, eine Packung Milch, Kabapulver und Brot. Sie war immer hochzufrieden über ein solches Frühstück, selbst heute, da sie schon über dreißig Jahre alt ist, bringt ihr das Nutellabrot sehr viel Freude und Zufriedenheit.

Auch mein Bruder Felix und ich hatten immer gerne solche Brote zum Frühstück geschmiert und sie - wie viele Kinder damals wie heute - mit voller Freude gegessen. Auch der Schokoladenkonsum war — obgleich von Mutter in dem Maße verboten — beträchtlich. Das Aluminiumpapier der Schokolade samt Papier landeten immer wieder hinter dem Wohnschrank, um den Konsum vor Mutter Clara zu verdecken. Irgendwann hatte sie es doch gepeilt und schimpfte mit uns, was allerdings unsere Sucht nicht stillte. Nein, Süßigkeiten mussten und müssen immer noch sein. Isabel und ich - damals bekamen wir keine teuren Süßigkeiten — gönnen uns, zwar nicht täglich, aber doch immer wieder, teure und ausgezeichnete Süßigkeiten. Rittersport, Milka, Snickers und Duplo. Knoppers und Bueno. Wir beide essen diese Schätze mit viel Wonne, auch wenn es mir schwerfällt die Tage ohne Süßigkeiten einzuhalten. Ein Stück gegessen, so folgen weitere Stücke, und nicht zu wenig. Isabel aber kann sich maßregeln, und so gibt es bei ihr Süßigkeiten – nur in geringer Menge – nach dem Mittagessen und zum Kaffee.

Ich schiebe heute Wochen hinein, in denen ich versuche ganz ohne Kohlenhydrate auszukommen. Was mir äußerst schwerfällt. Andere berichten davon, wie sie ab und an Süßigkeiten essen. Ich aber bin derart strukturiert, dass ich Plänen folge und somit einer Spontaneität ausweiche.

Keine spontane Tafel Schokolade, nein, erst morgen und dann erst wieder nach drei Tagen und so weiter.

Isabel konnte den späten Vormittag als freie Zeit für sich verbuchen und Mutter Clara sollte nichts davon erfahren. Das war für alle Beteiligten das Beste und das Vernünftigste.

Johannes kam zu einer Tasse Kaffee ins Haus und leistete dabei seiner Tochter Isabel ein wenig gemeinsame Zeit und sie schätzt seine Gesellschaft dermaßen, bis auf den heutigen Tag.

Sie lernte viel von ihm – schon in diesen jungen Jahren. Und sie behielt alles in ihrem Herzen, damit sie – einmal erwachsen – alles so tun und lassen sein konnte wie es Johannes vorlebte und immer noch vorlebt.

5

Johannes hatte in den Achtzigerjahren eine Sauna im Keller aufgebaut. Später sollte er diese in einen anderen Raum umbauen. Wir waren alle sehr zufrieden mit den Saunasamstagen und nahmen auch alle fünf daran teil. Unsere enge Familie, mit fünf Personen, war einfach unschlagbar. Wir hielten zusammen. Wir waren eine eingeschworene Gruppe. Und so gingen wir den ersten Gang zusammen in den Saunaraum. Zuvor hatten Johannes und ich die Sauna für eine Dreiviertelstunde aufgewärmt, solange bis sie bereit war für uns. Der erste Gang war immer eher eine Aufwärmübung und wir blieben etwa für fünfzehn Minuten darin. Nacheinander gingen wir unter die Dusche, die man aus dem Kellerflur über das Badezimmer betreten konnte. Ich war immer der schnellste der Gruppe, duschte wie alle anderen kühl ab und begab mich wie die anderen vier danach zur Abkühlung hinaus, um dann kurz darauf an der Bar ein Glas Wasser zu trinken, und am Billardtisch eine Partie zu spielen.

Mutter Clara bereitete uns darauf vor, dass es später Pizzen geben sollte. Sie würde sich nach dem zweiten Gang in die Küche im Erdgeschoss begeben und ans Backen gehen. Doch erst folgte der zweite Gang.

Ich legte die Sanduhr um, die die Minuten zählte und Johannes prüfte mit einem gekonnten Blick die Temperatur, die normalerweise bei fünfundachtzig Grad lag. »Alles paletti«, sagte er und war zufrieden. Wir alle waren zufrieden mit den Samstagen und es gab auch solche Saunatage, wo wir im Saunaraum zusammen Lieder sangen und uns in dieser Gemeinschaft einfach wohl fühlten.

Gelegentlich kamen Verwandte dazu und sangen mit uns, aber oftmals waren wir zu fünft. Mutter Clara begab sich also nach oben ins Erdgeschoss und bereitete zwei Bleche Pizza vor. Noch bevor sie die Bleche in den Ofen schob, saßen wir schon im dritten Saunagang bei guter Hitze und plauderten ein wenig.

Ich sagte: »Nach der Sauna kann man gar nichts mehr machen. So kaputt ist man da«.

Johannes aber konterte: »Also ich kann schon noch was machen. Mir macht das gar nichts aus. Bist halt ein bisschen sensibel, gell«?

»Nein. Ich bin gar nicht sensibel«. Doch im neuen Jahrhundert, als ich erkranken würde, da machte mir die Sauna bereits in den ersten beiden Gängen große

Schwierigkeiten. Ich musste mich auf den Rücken legen und die Beine aufstellen, und hinaus in die frische Luft musste ich in jedem Fall.

Meine Worte über die Sauna waren aber, dass am Ende eines Saunaabends die Kräfte einfach dahinschwanden und man sich erst mal davon erholen musste. Wieder Kraft tanken musste.

In der Krankheit waren es Felix und Johannes, die mir die Beine hochhielten, damit es mir jeweils nach den Saunagängen gut erging. Sie hatten mich einfach verstanden, hatten wohl beide keine leichte Zeit in ihrem Leben gehabt und wollten mir etwas Gutes mitgeben. Denn wer sieht schon gerne seinen Bruder oder seinen Sohn leiden? Nicht Johannes und auch nicht Felix konnten das mit gutem Gewissen. Sie waren echte Freunde für mich, wo ich ihnen zu wenig ein Freund gewesen war. Heute kann ich alles zurückgeben was sie mir Liebevolles gegeben haben. Vielleicht nicht im gleichen Maß, aber doch in einem gewissen Umfang.

Nach der letzten Dusche begaben wir uns über das Treppenhaus ins Erdgeschoss in die Küche, wo Mutter Clara gerade die beiden Bleche herausholte. Die erste Pizza war meist eine mit Schinken und Champignons. Die zweite immer eine mit Ananas und Käse. Wir fanden das Spitze, besonders Johannes mochte die mit Ananas und Käse am liebsten, und alles wurde blitzeblank leergegessen. Dieses Ritual der Saunasamstage gab es in unserer Kindheit regelmäßig, später dann eher selten, denn Felix und auch Isabel zogen aus. Aber wir drei Verbliebenen hielten das Ritual dann doch ziemlich gut aufrecht.

6

In den Neunzigern waren wir oftmals, beinahe an einem jeden Winter, auf einen Trip nach Ungarn mit dem Auto unterwegs. Stellvertretend habe ich hier eine Reise aufgenommen, die ich im Folgenden beschreibe.

Johannes hatte sich einen Toyota Previa gekauft und darin schipperten wir auf den Autobahnen.

»Papa«, sagte ich. »Wir sind hier auf Platz vier, wenn du noch drei Fahrzeuge überholst, dann stehen wir auf Platz eins«.

»Au ja«, sagte Felix und setzte sein schönstes Lächeln auf. Auch Isabel verfolgte unser Rennen mit großgewordenen Augen und einer Lust am Geschehen.

Wir waren also auf Platz vier, momentan, und ich zeigte nach vorne auf einen Ford Galaxy. Dieser sollte Platz drei darstellen und Johannes ließ sich nicht die Butter vom Brot nehmen, und gab ein wenig Gas.

Als wir den Ford überholten, da fuhr eine Polizeistreife auf der rechten Spur neben uns und Johannes verlangsamte wieder sein Tempo. »Aber Papa«, sagte ich. »Schau, die haben ein Stuttgarter Kennzeichen, die sind hier gar nicht zuständig«. Doch ich hatte weit gefehlt, denn sicherlich waren sie hier zuständig, schließlich waren wir in Baden-Württemberg, zwar nicht direkt auf Stuttgarter Höhe, aber doch im Einzugsgebiet.

Johannes verstand das sofort, doch er rügte mich keinesfalls, denn der Junge sollte doch recht behalten, auch wenn er kein Recht hatte.

In Ungarn hatten wir dann ein privates, preiswertes Appartement ausgesucht und packten die Klamotten aus. Später sollte es ins Heilbad gehen, das Heilbad der Stadt Bük. Mutter Clara zahlte die Tickets für uns fünf, Onkel Peter und seine Frau Senta hatten ihr Fahrzeug neben unseres gestellt und kamen direkt hinter uns ins Heilbad.

Onkel Peter meinte, dass sie hier seit Neuestem eine Sauna im Heilbad aufgebaut hätten, und er wolle sogleich dort hinein; sie ausprobieren. Johannes, Felix und ich gingen mit ihm. Die Frauen und Isabel machten es sich im großen Becken, darin Schwefelwasser, bequem und genossen die relative Wärme des Wassers.

Wir Männer entledigten uns unserer Bademäntel und gingen in einen der zwei Saunaräume. Die Temperatur lag in diesem Raum etwas höher als im anderen, doch uns machte die Hitze nur wenig aus. Nach einer Viertelstunde wollten Johannes und Felix den Raum verlassen, doch Onkel Peter überzeugte uns davon, noch fünf Minuten auszuharren, dann würden wir gemeinsam den Raum verlassen. Wir schlugen ein und blieben auf unseren Plätzen auf der Bank sitzen. Fünf Minuten später verließen wir den Raum und der mollige Onkel zeigte sogleich auf ein Becken, das er sodann gemächlich besuchte. Wir konnten keine Gefühlsregung in seinem Gesicht erkennen. Felix meinte, das Wasser hätte bestimmt nur fünf Grad und auch Johannes und ich wussten, dass dieses Wasser ein Kältebecken darstellte, um sich nach dem Saunagang abzukühlen. »Nee, da gehe ich nicht rein«, sagte ich. Johannes stimmte mir zu. »Nöö«. Und auch Felix, der doch zu unbegrenzten Höhen hinauffliegen konnte, traute sich nicht hinein. Er sagte dann: »Wir können doch in den Schnee hinausgehen«. »Aber zuerst hier in die Dusche«, ergänzte Johannes pflichtbewusst und machte den Anfang.

Als wir danach hinaus in den Schnee gingen, seifte sich Johannes mit dem weißen Pulver ein, zeigte uns quasi wie man das denn machte und Felix und ich taten es ihm gleich. Onkel Peter folgte nach einer Minute und nahm sich Hand um Hand, um seinen voluminösen Körper einzureiben. »Das fördert die Durchblutung«, sagte er. »Genau, Jungs«, sagte Johannes und lächelte vor lauter Genuss. Es ist bis heute unumstößlich und bekannt, dass man sich nach einem Saunagang eine Abkühlung verschafft, dann ausruht und Wasser trinkt, um dann nach etwa zwanzig Minuten den nächsten Gang einzulegen. Dieser Vorgang war uns schon bewusst, aber das Kältebecken hatten wir niemals aufgesucht.

Am Abend suchten wir, Peter und Senta, eine Gaststätte um das Abendbrot einzunehmen. »Lasst uns mal in den Nachbarort nach ›Bö‹ fahren. Ich habe da was auf dem Hinweg gesehen«, meinte Johannes.

Und so fuhren wir nach Bö, hielten vor der Gaststätte und traten sodann einer nach dem andern ein. Ein Kellner grüßte uns bereits im Eingangsbereich auf Ungarisch, sah aber schnell ein, dass er damit bei uns nicht weiterkam. So zeigte er mit dem ausgestreckten Arm zu einem Tisch hinüber und sagte nur »jö jö«.

Uns allen war schnell bewusst, dass der Kellner einen sitzen hatte, doch wir setzten uns geflissentlich an den angewiesenen Platz.

Peter lachte herzhaft und sah dann auch Johannes bittersüß lächeln.

Der Kellner kam vom Tresen – bei dem auch seine Frau stand – herbeigeeilt. Mit Karte und Notizblock und Stift bewaffnet sprach er erneut: »Jö, jö, jö«.

Johannes lachte ihn jetzt an und bestellte für sich und Peter jeweils ein Bier. Die Frauen und wir Kinder bestellten nacheinander ebenso, und der Kellner - so hofften wir – hatte alles aufgeschrieben, kehrte um, zeigte seiner Frau den Zettel und ging danach schnellstens und wackelig in die anliegende Küche hinein. Johannes machte uns den Kellner, sagte: »Jö, jö, jö«.

Das Lokal war sauber und rein, und wir verstanden uns prächtig – auch ohne eine gemeinsame Sprache zu sprechen – mit dem Kellner, der wohl auch der Chef dieser Gaststätte war.

Wir sagten hernach ab und an: »Heute fahren wir nach Bö«, und Johannes versah das immer mit einem »jö jö«, was uns allen eine Heidenfreude bereitete.

Der Ort Bük war schon mit mehreren Restaurants bestückt und wir klapperten alle ein-, zweimal ab und waren mit Preisen und Qualität sehr zufrieden.

Es war schön zu sehen, dass auch wir Kinder in der Wahl der Restaurants mit einbezogen wurden und uns schmeckten Gurkensalat und Nuss-Palatschinken außerordentlich gut. Gewöhnlich waren wir über die Weihnachtstage in Ungarn unterwegs, nahmen aber auch Silvester und Neujahr mit. Die Erwachsenen hatten zu dieser Zeit Urlaub und wir Kinder hatten Schulferien.

7

Wenn Clara an Abenden auf der Arbeit war, durfte Johannes uns Kindern das Abendessen zubereiten und er war motiviert und schlagfertig. So bereitete er

Spiegeleier, Bratkartoffeln, Würstchen und Erbsen vor.

Felix, Isabel, Johannes und ich aßen diese Abendessen mit vollem Genuss und alle waren zufrieden. Allerdings hatte Clara die Zutaten für das nächste Mittagessen eingekauft, und so war sie in der Bredouille und musste erneut einkaufen, um die Familie mittags wie abends versorgen zu können.

Wir drei Kinder hatten unseren Spaß mit Johannes, denn er verbot uns nichts, ließ vieles durchgehen und war und ist ein regelrechter Freund. Auch Clara schätzt ihn für seine Lässigkeit, und sollte sie das letzte Wort behalten müssen, dann ist das mit Johannes für sie möglich. Er gibt nach, wie ein großzügiger Gentleman, auch wenn es Ausnahmen gibt, wo er seine Ansichten und Wünsche durchzusetzen vermag.

Johannes und Clara arbeiteten in Schichten und wechselten sich dabei mit der Erziehung der Kinder ab. Als Clara einmal morgens auf die Arbeit ging, waren noch Johannes und erneut Isabel im Haus. Isabel ging bereits auf die Grundschule und sie hatten noch ein wenig Zeit um das Frühstück einzunehmen. Diese Morgen waren sehr wichtig für Isabel, hatte sie doch ihren Papa mit Haut und Haaren

gefressen. Er war als Monteur bei der Audi eingestellt, machte seine Arbeit vorzüglich und einwand-
frei. War beliebt bei den Kameraden und leckte den
Meistern nicht ihr Hinterteil. Er sah gewisse Kameraden, die das taten, doch seine Ehre und Gerechtigkeit ließen ihm das nicht zu. Gewisse Vorgesetzte
ehrte und achtete er dennoch, aber das waren diejenigen, die fair und demütig waren.

»Papa«, sagte Isabel erschrocken. »Ich habe etwas
vergessen«.
»Was hast du denn vergessen, Isabel«?
Isabel sah verlegen drein und meinte, sie benötige
ein paar ausgeblasene Eier für die Schule.
»Ist doch kein Problem. Das machen wir gleich«.
Er holte eine Packung Eier aus dem Kühlschrank,
stach Löcher in die Eier und pustete Eiweiß und Ei-
gelb heraus. Die Angelegenheit war in einigen Minuten abgehandelt und Isabel - mal wieder verloren -
war sodann doch gerettet.
Sie schlurfte mit ihrem großen, übergewichtigen
Schulranzen über die Gehwege der Stadt, hin zur
Grundschule, die sie nur sehr widerspenstig akzep-
tieren konnte. Auch ich war nicht gerade begeistert
von der Schule, zumal es Leistungsbeschreibungen

in den ersten beiden Klassen, und dann richtige Noten gab.

Johannes und Clara verstanden unseren Unmut gegenüber der Schule, und doch ließen sie es sich nicht anmerken, denn die Schule sollte eine gewisse Vorbereitung für das Erwachsenendasein darstellen.

Unsere Eltern steckten viel Hoffnung in Felix und so schickten sie ihn später in ein Gymnasium, wo auch ich hätte zuvor landen können. Doch meine Lehrerin riet ihnen davon ab. »Soll der Junge lieber ein guter Realschüler sein, als ein schlechter Gymnasiast«.

Meine Eltern nahmen den Rat an, die Lehrerin gab vor, ich könne später immer noch auf das Gymnasium wechseln, wenn denn meine Noten gut werden würden.

Als mein Bruder also so weit war – nach der vierten Klasse –, da schickten sie ihn also, fest davon überzeugt, ins Gymnasium. Sie wollten den Fehler, den sie mit mir gemacht hatten, nicht auch noch mit Felix machen. Seine Noten waren von Anfang an nicht berauschend, doch er hielt sich bis zum Ende im Gymnasium.

8

An einem Abend war Mutter Clara wegen Hüft-
schmerzen zu Hause geblieben, krankgeschrieben,
und sie konnte da auch nicht das Abendessen zubereiten. Doch Johannes sah sich befähigt, seinerseits
das Essen zu kochen.

»Du tust eben Brotkrumen, Eier, Zwiebeln, Salz und
Pfeffer in die Pfanne und rührst gut um. Stellst den
Herd zunächst auf volle Hitze und dann sehen wir
weiter. Gut«?

»Gut, Clara. Ich beginne gleich damit. Die Zutaten
sind wohl im Kühlschrank«?

»Genau. Brot ist im Apothekenschrank, Eier im
Kühlschrank, Zwiebeln auch, im Gemüsefach, und
Salz und Pfeffer sind im Kräuterfach oben«.

Bislang hatte Johannes nur das Zubereiten von Bratkartoffeln erlernt und hatte sich darin auch zu einem
wahren Meister gewandelt. Das gab Clara die Hoffnung, dass er auch dieses Gericht ohne jeden Zweifel hinbekommen sollte.

Sie lag auf der Couch, wir drei Kinder taten es ihr
gleich und sahen fern, eine Abendsoap bei einem
Privatsender. Clara hätte sicherlich gerne mitgehol-
fen, hätte liebend gerne mitgekocht, doch sie konnte

kaum laufen noch stehen. Der Verdacht auf ein Problem mit dem Meniskus steuerte auf eine Operation zu, die sich jedoch als unnötig herausstellte. Der Meniskus war es nicht. Erst in letzter Minute – denn Clara hatten schon alle Kräfte, jede Geduld und alle Hoffnung verlassen – fanden gewiefte Ärzte heraus, dass man ihr ein Hüftgelenk austauschen müsste. Das taten sie und seither war Clara zwar nicht zu hundert Prozent schmerzfrei, aber die Operation hatte ihr die Hoffnung und eine gewisse Fähigkeit, am Leben weiter teilzunehmen, zurückgegeben. Sie arbeitete dann auch wieder, jahrelang; bis kurz vor der gesetzlichen Rente hatte sie damit durchgehalten.

Johannes war soweit: »Jetzt, Clara, schau mal. Ich habe Brot und Eier samt Salz und Pfeffer gebraten. Soll ich dann jetzt die Zwiebeln hineinwerfen? Dann bin ich auch schon fertig«.
Clara sah verdutzt drein: »Johannes! Die Zwiebeln kommen am Anfang in die Pfanne«.
Irgendwie hatte er es dann doch hinbekommen und wir aßen – Mutter Clara auf der Couch – das Abendbrot.
Diese Zeit mit der Krankheit unserer Mutter war sehr schwierig. Sie hatte ja alle Hoffnung fallen

gelassen, ihr Leben war nicht lebenswert. Davon können viele Menschen berichten, die in ihrer Motorik dermaßen angeschlagen, ja beinahe schon vernichtet worden sind.

9

Es war die Zeit der Krankheiten für unsere Familie. In diesen neunziger Jahren wurde Clara, aber kurz darauf auch Johannes krank. Bei ihm hatte man unweigerlich einen Bandscheibenvorfall diagnostiziert. Man war sich mit der Diagnose – anders als bei Clara – sicher.

Wo nichts mehr half, da half ein Anästhesist. Mein lieber Bruder Felix brachte Johannes per Automobil in einen benachbarten Ort zu diesem Arzt, der zuvor versprach, per Kochsalzinfusion die Bandscheibe abzutragen, damit sie nicht mehr auf die Nerven drückte.

Felix trug Johannes direkt – nach Terminabsprache – zum Arzt ins Zimmer. Dort wurde die Infusion zur Bandscheibe gelegt und eine Kochsalzlösung in der Menge von einigen Litern wurde für die nächsten zwei Stunden hineingebracht.

Was würde geschehen, fragte sich auch Felix, der in guten wie in schlechten Zeiten zu Johannes hielt, was dessen großes Glück sein sollte. Denn es war dieser Termin, der alles verändern sollte.

Nach den zwei Stunden entließ der Arzt Johannes, dieser wiederum spazierte wie durch ein Wunder aus dem Ärztezimmer samt Felix hinaus. Eine Frau – die im Wartebereich saß – sprach Johannes an. »Sagen Sie: Ihr Sohn hat Sie vorhin reingetragen. Wie kommt es, dass Sie jetzt hier rausgehen«?

Johannes gab sich cool, meinte: »Ja. Ich weiß auch nicht«.

Er war wieder der Spaßvogel wie wir ihn kennen, und von dem wir noch so viel Schönes erfahren würden.

10

Die Kellerpartys waren eine gute Abwechslung und bei uns zur Routine geworden und Johannes nahm stets für einige Stunden mit uns daran teil. Eines Abends fand eine solche Party statt. Ich legte Musik ein, die im Musikzimmer herunterdudelte und bei der einige Gäste tanzten. Getrunken wurde meist im Flur und im Billardzimmer wo die Bartheke drinstand. Johannes unterhielt sich angeregt mit unserem Felix und dessen neuem amerikanischen Kumpel.

Da der Amerikaner kaum Deutsch sprach übersetzte Felix kurzerhand.

»Du arbeitest hart, das sehe ich, sagt Patrick«.

Johannes schmunzelte und sagte zu Felix, er soll doch Patrick antworten: »Wir arbeiten hier härter als Ihr Amerikaner. Das kannst du aber glauben«.

Felix übersetzte dann: »Papa. Patrick sagt, das glaubt er nicht und wir Deutschen würden ja viel mehr Geld verdienen. Dafür, dass wir schludrig und faul sind sei das viel Geld«.

Johannes lachte einmal laut auf und strafte Patrick mit erhobenem Zeigefinger: »Sag ihm, er soll aufpassen. Selbst die Türken arbeiten härter als sie. Er kann mir nicht erzählen, dass er sich auskennt auf seiner Arbeit«.

Felix übermittelte das und hörte sich Patricks Antwort an, sagte dann zu Johannes: »Papa, er hat schon U-Boote geschweißt und Bananenkammern, wie sie bei Stephan im Betrieb stehen, die hat er auch schon aufgebaut. Und jetzt kommt sein Joker, Papa. Als er noch jung war hatte sich die CIA für ihn interessiert, weil er so klug ist. Es hatte wohl nicht viel gefehlt und er hätte dort einen Job bekommen«. Johannes dann: »Er kann mir viel erzählen, aber das glaube ich nicht«.

Felix übersetzte gar nicht mehr, sondern antwortete nun seinerseits: »Doch, doch Papa. Das ist schon richtig so«.

Johannes wurde belehrender: »Ich habe ja schon mehr Lebenserfahrung als du Felix. Was willst du mir hier erzählen«?

Felix runzelte die Stirn, presste seine Lippen zusammen und senkte den Kopf.

»What´s going on, Felix«? Was geht hier vor, fragte Patrick.

Felix sah Patricks glühenden, neugierigen Augen und sagte: »He doesn´t believe you«. Er glaubt dir nicht.

Patrick wurde plötzlich so richtig aufbrausend und herrschsüchtig, erhob sich und schüttelte den Kopf, sagte ein paar unverständliche Worte, die Johannes aber sehr gut verstand. Auch wenn sie auf Englisch waren.

»Beruhige dich«, sagte Johannes. »Ich sage ja nicht, dass du ein schlechter Mensch bist. Ich kenne dich ja nicht. Vielleicht…« Johannes blieb dann still und lächelte jetzt spitzbübisch und einfach herzlich.

Patrick erkannte Johannes` Blick und reichte ihm –
nun seinerseits lächelnd – die Hand. Beide schlugen
ein und Felix war auch wieder zufrieden, schließlich
wollte er hier nicht zwischen die Fronten geraten.

Johannes zeigte Patrick sodann kurzerhand seine
Baustelle hinter dem Haus, wo er begonnen hatte einen Swimmingpool zu bauen. Patrick sah sich bes-
serwisserisch die Schweißnähte an, die Johannes an
seinem Projekt hinterlassen hatte. Er sagte: »Johannes. Das ist aber nicht professionell gemacht hier,
diese Nähte. Hast du die gemacht«?
»Klar. Ich mache alles selber, aber wenn du so schlau
bist, dann mache es doch besser. Hier, hier habe ich
zwei Metallstücke. Schweiße sie zusammen«.
Patrick runzelte, von sich selbst überzeugt, die Stirn.
»Kein Problem für mich«.
Johannes bereitete alles vor, sodass Patrick nur zur
Tat schreiten musste. »Siehst du hier«, übersetzte Felix weiter. »Du musst hier schnell drüber gehen, eine
Linie ziehen«. Als Patrick die Linie gezogen hatte,
staunte Johannes nicht schlecht. Er hatte genug Erfahrung um zu wissen was hier vorging: Dass dies
hier schlampige Arbeit war. Johannes nahm die beiden Stücke an sich und sie brachen sogleich an der

Naht auseinander. Patrick war verwundert, war er doch so überzeugt von der Qualität seiner Arbeit.

Johannes meinte, Patrick habe also U-Boote geschweißt. »Deshalb sind die amerikanischen U-Boote untergegangen«. Dabei lachte sich Johannes einen ab, Patrick hingegen war gedemütigt. Selbst schuld, dachte Johannes. Musst eben deinen Mund nicht zu weit aufreißen, war der nächste Gedanke.

11

Johannes und Felix hatten immer ein Projekt am Laufen, das sie beide zusammen im Team angingen, und zu Ende brachten.

Ein großes Vorhaben war das Bebauen des hinteren Gartens mit einem Schwimmbad. Doch Johannes wäre nicht Johannes, wenn er nicht das Nonplusultra plante. Das Schwimmbad sollte demnach einen Überbau besitzen. Eine Dachverglasung mit Glaswänden.

Die Arbeiter, darunter waren nun mal Johannes und Felix, bauten eine Holzverkleidung im zuvor ausgehobenen Loch, als Stütze für den Zement, der zwischen Wand und Holzbau gegossen wurde. So hatte man dann die Wände des Pools angefertigt. Johannes erkundigte sich mit Hilfe seines Sohnes Felix wie denn nun weiter mit der Wand zu verfahren war. Schnell war man sich einig, unter anderem waren Dichtschlämme und Farbe einzusetzen.

Als Felix gerade am Dach arbeiten wollte, erklärte Johannes ihm den Vorgang, wie die Dachverglasung auf Metallbalken aufgebracht wurde. Gummi wurde reingelegt und mit Schrauben befestigt. Darauf kamen dann Plastikleisten als Abdeckung.

Felix hatte schnell den Dreh raus, lernte ungemein viel und lernte so auch unseren Papa sehr viel besser kennen. Ein Team wurde geschweißt: Johannes und Felix.

Der Boden wurde aus Natursteinen in der Farbe beige ausgelegt, mit Mörtel verfugt, dann mit Wasser abgewaschen. Diese Natursteine kamen auf den Boden, um das Schwimmbad herum, genauso wie auf die dazugehörige Terrasse, die allerdings im Außenbereich lag.

Beim Abwaschen war Mutter Clara stets zur Stelle und die flachen Platten sind nach Fertigstellung ein richtiger Hingucker.

Zum Schwimmbad gehörten dann Heizkörper und Luftentfeuchter. Auf alles wurde geachtet.

Auch eine Verlegung der Sauna war ein Projekt, das zum Pool irgendwie dazugehörte. Dafür nahmen sich Johannes und Felix Holzpaneele und Holzlatten. Felix war dafür zuständig dann auch noch eine Lautsprecherbox einzubauen und einen CD-Spieler vor der Sauna aufzustellen, der mit dem Lautsprecher im inneren der Sauna verbunden wurde.

Die Sauna wurde zweistöckig angelegt und es fanden etwa sechs oder sieben Personen gleichzeitig darin Platz. Johannes kaufte einen neuen Ofen für diese Unternehmung und schloss ihn mit seinem Talent in der Sauna an.

TEIL 3
1999-2009

1

Die Einweihung des Schwimmbades und der Sauna
wurde zusammen durchgeführt, denn was wäre der
Pool ohne Sauna und die Sauna ohne Pool? Es war
Winter und die Heizkörper waren auf vollen Touren;
der Luftentfeuchter ebenso. Zur Party wurde der
Keller als Location dazu genommen. Das lag nahe,
denn die Kellerpartys zuvor waren auch schon eine
Berühmtheit.

Man nahm einen Saunagang, sprang dann in den
Pool, um sogleich im Keller an der Bar eine Erfri-
schung einzunehmen und sich abzukühlen.

Drei Saunagänge waren die Regel, auch später, als
Johannes meist nur noch mit Mutter Clara und mir
die Sauna besuchte. Es lohnte sich trotzdem das alles
auszunutzen, auch wenn wir zu dritt in die Sauna
und in das Schwimmbad gingen.

Wir hatten zur Einweihung die älteren Verwandten
eingeladen, das waren Papas Brüder und Schwestern
sowie auch Verwandte von Mutter Clara. Wir legten
den Termin auf Johannes` Geburtstag und Clara
tischte Raclette, Fondue und ein Büfett auf. Mein
Cousin Michael hatte sich mutig auf das Geländer
über dem Pool gestellt und sprang von da aus in das

Becken. Als der erste Versuch gelang, kletterte er noch höher auf die Brüstung und sprang erneut, nun aber war die Tiefe des Beckens zu gering und Michael stieß mit der Nase auf den Boden des Pools. Dabei brach seine Nase; Mut wird manches Mal auch bestraft. Und doch war Michael im Nachhinein immer noch mutig und selbstbewusst. Was ein richtiger Mann ist lässt sich von solchen Kapriolen nicht beeinflussen. Trotz dieses kleinen Unfalls war die Einweihung ein voller Erfolg und der Pool war bei allen gut angekommen.

In den folgenden Sommermonaten waren für Clara und Johannes die Schwimmminuten mehrmals täglich ein Muss. Für mich weniger. Ich mied das Wasser oftmals, wie schon in meiner Kindheit.

2

Johannes hatte viel Pech, doch er machte immer wieder ein Glück daraus, sein Glück und das seiner Familie, die zu ihm stand bei allen unüberwindbaren Hindernissen. Doch dann lag der Tod in der Luft, denn man diagnostizierte bei Johannes den Krebs.

Das war ein Schlag für die Familie, doch wir setzten uns für ihn ein. Dass der Tod hier an der Türe klopfte, war für uns kein Thema, vielmehr setzten wir auf das Leben und das Überleben. Egal was wir versuchten: Johannes überlebte dank dieser Versuche. Ob es Vitaminpräparate waren, die Misteltherapie oder eine Fieberkur. Wir wussten zwar nicht was davon denn anschlug, und wir wollten es so genau auch gar nicht wissen. Denn wichtig war, dass es half, womöglich hatten alle Techniken ihre Daseinsberechtigung und so war es denkbar, dass alle drei Unternehmungen zum Erfolg führten, denn bei Johannes war der rötliche Fleck in der Blase, der den Krebs zeigte, nach mehreren Monaten verschwunden. Er war geheilt, doch dann hörte er einen Ausspruch. Ich kann gar nicht sagen, ob dies ein Arzt oder ein Patient von sich gab. Nichtsdestotrotz war der Spruch folgender: »Einmal Urologie, immer Urologie«. Johannes hatte das in diesen Jahren gar nicht begriffen, und wir waren froh, dass er der Urologie fernblieb, einzig und allein die Misteltherapie führte Johannes noch in die Urologie.

Doch ein Jahr verging, und der Arzt meldete ihm, sie müssten nun diese Therapie, die ihn doch die ganze Zeit gesund erhielt, beenden müssen, schließlich zahle die Krankenversicherung keine weiteren Gaben an Mistel mehr.

Johannes war sauer auf den Urologen, zurecht und ohne jeden Zweifel hatte er Recht damit. Dieser Arzt war nach Beendigung der Mistelgabe nicht mehr auf der Liste der Ärzte bei Johannes. Milde gesagt, war er ein Scharlatan, der nur auf große Operationen und Tam Tam aus war. Er hatte wohl die Mistelspritze nie wirklich ernst genommen, versuchte Johannes zu einer solchen großen Operation umzustimmen, was Johannes ihm und allen anderen Ärzten mit ihren Prognosen versagte. Zu groß war die Wahrscheinlichkeit, dass sich Metastasen, durch einen Schnitt in der Bauchgegend und an der Blase, aus der Blase entrissen und den ganzen Körper befielen. Das wollten Johannes und wir alle vermeiden. Und so waren wir dahingehend immer auf seiner Linie.
Die Diagnose kam aus heiterem Himmel im Jahre 2000, als Johannes Blut in seinem Urin feststellte. Zunächst hatte er dies keinem preisgegeben, auch uns und seiner Frau Clara hatte er nichts verraten. Zunächst klärte sich sein Urin wieder, doch einige Wochen später hatte sich erneut Blut beim Urinieren breitgemacht und Johannes hatte gestanden und ist auch hernach zum Arzt gegangen.

»Herr Doktor. Ich habe Blut im Urin«.

»Das ist gar nicht gut. Wie lange haben Sie das schon«?

»Na ja, schon seit drei Wochen«.

»Wieso sind Sie nicht sofort gekommen. Das ist eine ernste Sache, der muss man auf den Grund gehen. Also gut. Geben Sie bitte vorne bei meinen Mitarbeiterinnen eine Urinprobe ab. Wir prüfen das. Ich kann Ihnen aber schon sagen, dass es sich um ein deutliches Zeichen für Blasenkrebs handelt«.

Johannes war betrübt aber nicht kampflos. Ganz im Gegenteil: Seiner Motivation waren keine Grenzen gesetzt. Und wir nahmen es ebenso zum Ziel, ihn gesund zu machen. Was es auch kosten mochte. Wir probierten in den nächsten Jahren alles Mögliche aus und ich mache mir selbst Vorwürfe.

Denn ich erkrankte ein Jahr zuvor an einer psychischen Krankheit und das hatte auch Johannes in diesem Jahr stark mitgenommen. Ich bin mir gewiss, dass meine Krankheit und Johannes` Sorge um mich, ihn hatten krank machen können, und dies wahrscheinlich auch taten. Er regte sich auf anstatt locker zu bleiben, doch diesen Fehler machte er beim nächsten Mal nicht – und das war dann seine eigene Krankheit. Mit dem Krebs ging er hernach locker und lässig um. **Nur keine Sorgen, aber**

etwas für die Gesundheit tun. Wenn Sie mich fragen war das so sein Leitspruch und der sollte ihn noch sehr weit bringen. Ich dagegen machte es ihm nicht leichter. Meine Sturheit hatte so seine unausweichliche Streitsucht hervorgebracht und der konnte sich auch Johannes nur sehr schwer entreißen.

3

Schöne Momente hatte er mit seiner Tochter Isabel. Sie sind sich sehr ähnlich, haben die gleichen Augen und die Ausstrahlung einer Liebe. An einem Abend spielten sie im Keller zusammen Billard. Isabel klagte ein wenig über ein Schwindelgefühl und da kam wieder Johannes` Hilfsbereitschaft und seine unumstößliche Weisheit. »Lass uns mal kurz deinen Blutdruck messen«. Er holte das Blutdruckmessgerät vom Erdgeschoss und legte es sodann der Isabel am Arm an. »Tatsächlich, Isabel. Dein Blutdruck ist bei Weitem zu niedrig«.
Isabel kräuselte die Stirn und war ein wenig nervös geworden. Doch Johannes wäre nicht Johannes

gewesen, wenn er nicht folgende Therapie vorge-
schlagen hätte: »Wir trinken jetzt ein Glas Wein«.

»Wein, Papa? Und das hilft«?

»Ja klar, und wie«.

Johannes und Isabel waren in diesen Jahren der Ge-
selligkeit sehr zugetan, was nicht heißen mag, dass
sie Alkoholiker waren. Nein. Ihr Konsum hielt sich
noch im gesunden Maß, doch an diesem Abend
tranken sie Glas um Glas an Wein.

Als sie einen Punkt erreicht hatten, der nun einer
Heilung durch Wein nahekommen sollte, da hörten
sie auf und Johannes maß erneut Isabels Blutdruck.

»Siehst du. Es hat schon geholfen«.

»Nein, Papa. Oder«? Sie sah sich das Ergebnis auf
der Anzeige an und war baff. »Tatsächlich. Der Blutdruck ist gestiegen. Woher hast du das gewusst,
Papa«?

»Erfahrung«.

»Ha«, sie lachte auf und grinste ihren Papa mit großen, weiten Augen an.

Die beiden liebten dieser Tage das Billardspiel. Johannes hatte sich einen Tisch gekauft und wir trugen
ihn in den Keller. Allein die Spielplatte wog zwei-
hundert Kilogramm und wir behalfen uns mit Skate-
boards, die wir unter die Platte stellten um diese über

die Böden zu schieben. Die Treppen aber mussten wir mit harten Muskeln und etwas Geduld nehmen. Johannes grinste Isabel an und klopfte ihr auf die Schulter. Sie hatte gelernt Schwindel mit Wein zu ertränken und jede gewonnene Schlacht wurde nun Mal bei Johannes geehrt und das tat er hierbei.

Das Schulterklopfen half Isabel ihren Papa wertzuschätzen, weil er auch sie wertzuschätzen wusste. Mit Blicken und Taten lobten unsere Eltern uns. Mit lobenden Worten tun sie sich schwer. Doch jede Schwäche einer Generation ist wiederum die Stärke der nächsten Generation. Und so lobe ich immer, wenn Lob angebracht ist. Ob Kinder oder Erwachsene. Alle können sich bei gutem Verhalten oder guter Arbeit ein Lob bei mir abholen.

An einem anderen Abend trafen sich erneut die Protagonisten Johannes und Isabel im Keller um zu palavern. Johannes saß direkt vor der neu eingerichteten Bar, Isabel hingegen nahm an der anderen Seite der Theke Platz. Die Bar hatte einige Regale, die mit Spirituosen ausgestattet waren. Da fanden Whiskey, Schnaps und Rum ihren Raum. Die Theke war aus Glas gefertigt, die Stühle standesgemäß hoch mit Rückenlehnen.

Johannes hatte ein Thema angeschnitten:

»Ich glaube nicht, dass man ewig leben kann«.
Isabel: »Ich glaube aber an Engel, Papa«.
»Man kann aber vom Himmel aus nicht zurückkommen, weil es keinen Himmel gibt«, sagte Johannes.
»Nur Engel können hierherkommen, Papa«.
»Nein, Isabel. Es gibt keine Engel und keine Menschen die zurückkommen aus dem Himmel. Aber ich glaube, man kann als anderer Mensch nochmal geboren werden«.
Diese These habe ich nie - selbst bis heute nicht - verstanden. Johannes kann mir einfach nicht plausibel erklären was er damit meint. So will ich es so stehen lassen, wie er es sagt.
»Na, dann sind wir uns ja einig, Papa«.
»Eben nicht, Isabel. Ich glaube das nicht. Man kann einfach nicht weiterleben nach dem Tod«.
»Genau, Papa. Es gibt den Weg ins Grab und vielleicht danach in ein neues, himmlisches Leben«.
Johannes: »Ich glaube aber nicht, man käme sofort in ein neues Leben. Das jetzige Leben geht vorbei, man stirbt. Und irgendwann kommt man wieder auf die Welt«.
»Aber, Papa. Wir glauben ja das Gleiche«.
»Nein, du sagst aber etwas anderes«.
Isabel: »Ich sage im Prinzip ja nur es gibt Engel«.
Johannes: »Und das glaube ich eben nicht«.

Isabel: »Aber bei allem anderen sind wir uns einig. Es gibt *vielleicht* ein Leben nach dem Tod, aber die Ewigkeit mit Himmel und Erde, die gibt es sicher«.

Johannes: »Falsch, Isabel. Man kann nicht ewig leben«.

Isabel: »Aber das sage ich ja auch«.

Johannes: »Ach. Dann hören wir jetzt eben auf«.

Isabel: »Ich rede aber gerne mit dir. Weshalb streiten wir überhaupt, wir sind doch der gleichen Meinung«.

Johannes winkte ab.

»Du musst immer das letzte Wort haben«.

»Muss ich nicht, Papa«.

4

An einem von Felix` Geburtstagen, hatte dieser Freunde eingeladen, die wiederum ihre Freunde mitbrachten. Und so waren schnell Dutzende von jungen Menschen bei der Kellerparty zugegen, aus der hierbei eine Poolparty zustande kam. Zu Beginn war Johannes mit uns dabei und er war immer – auch unter den jungen Menschen – ein sehr gern gesehener Gesprächspartner. »Ja, stimmt schon. Ich habe das Haus praktisch selbst gebaut«, gab Johannes in einer Runde von jungen Menschen - an seiner Bar - kund. »Das haben Sie alles selbst gebaut«? warf jemand ein und alle jungen Leute staunten nicht schlecht. Johannes gab sich cool und meinte, sie könnten ihn ruhig duzen, was alle Jungs und Mädchen sehr gerne taten. Das Eis brach Johannes immer sehr schnell, war nicht auf den Mund gefallen und machte sich immer sehr schnell Freunde.

Nach einer Weile kam unsere Mutter Clara den Keller herunter und sagte: »Johannes. Lass doch die Jungen ihre Party feiern. Komm schon hoch zu mir«.

Johannes dachte kurz nach. »Ich komme ja schon, Clara. Ich trink noch kurz mein Glas aus«. Sie vertraute darauf und stieg die Treppen wieder hinauf. Oben würde sie mit zwei Gläsern Wein auf ihren Ehegatten warten. Er hielt natürlich sein Wort und spurtete zu Clara hinauf. Sie stießen zusammen an und kuschelten mit Trauben und Käse und dem Wein auf der Wohnzimmercouch. Dieses Erlebnis teilten sie oft miteinander.

Diese Party im Keller hatte es aber hernach in sich, nämlich dann, als der Alkohol im Übermaß floss und die Gäste sich einen Spaß daraus machten, sich gegenseitig in das Schwimmbecken zu stoßen. Das

Waschmittel an den Kleidungsstücken der Gäste hatte sich im Pool verteilt, später landeten auch noch Stühle, Handtücher und Bademäntel im Poolbecken, was der Feier keinen Abbruch tat. Ausgelassen und ohne jede Regel hatten die Gäste quasi über die Stränge geschlagen und alle Hemmungen verloren. Zu dieser Zeit war Johannes bereits eingeschlafen, aber so wie wir ihn kennen, hätte aus seiner Sicht nichts dagegengesprochen, so ausgelassen zu sein, wie diese jungen Leute in dieser schönen Nacht.

Der nächste Morgen begann bei Johannes und Clara schon früh und unser Papa wollte sich – wie jeden Morgen – die Wasserwerte seines Pools anschauen. Er war immer sehr stolz darauf, wie rein und gut sein Poolwasser denn war. Unbekümmert trat er vor das Schwimmbecken, schlug die Schutzfolie um und sah sich die süffige Brühe an. »Mein Gott«, sagte er. »Was ist denn hier passiert«? Er hielt einen Teststreifen ins Wasser und hatte sich nach einigen Sekunden versichert, dass die Werte alles andere als gut, geschweige denn akzeptabel, waren. Er zog die Augenbrauen hoch und verkündete sodann Clara, dass die jungen Leute irgendetwas mit seinem Wasser angestellt hätten. »Was könnten sie denn gemacht haben, Johannes«? »Das finden wir gleich heraus«.

Eine Stunde später erwachten wir Kinder und er stieß uns ein wenig an. Was wir denn mit dem Pool angestellt hätten. Die Werte seien furchtbar schlecht und mit bloßem Auge sei schon zu erkennen, dass das Becken etwas Schauriges hinter sich hatte.

Felix war wohl verantwortlich dafür, schließlich hatte er die Fremden ins Haus gebracht, und so war er am Zug und erzählte alles, zwar stückchenweise, aber dann mit Isabels Hilfe umfangreich und ehrlich. Johannes hatte natürlich das Wasser mit ein paar Gaben an Mitteln wieder auf Vordermann gebracht und er verbot uns danach das Becken und die Party auch nicht.

5

Isabel hatte mittlerweile einen Freund mit dem Namen Malte. Malte ist ein gewiefter und schlauer Bursche, der im Gemüt ihrem Vater Johannes doch ähnelt. Isabel und Malte waren nun soweit, eine eigene Wohnung zu beziehen.

Clara und Johannes mussten sie jetzt loslassen, was wohl jedem Elternteil schwer zu fallen erscheint, aber es war die logische Folge der Ereignisse. Jahrelang waren die Turteltäubchen hin- und hergefahren, auch wenn die beiden Heimatorte nicht weit voneinander weg lagen.

Es waren die Jahre des Börsencrashes im Neuen Markt, und dabei verloren Malte und ich etliche Tausend Mark. Das war für mich eine Lehre: Handle nicht zu leichtfertig mit deinen schwerverdienten Geldern. Malte nahm es später locker, denn wenn man den Crash abwartete – auch wenn Tausende Mark verloren waren – so konnte man über die Dekade hinweg sicher einen Gewinn aus Aktienhandel oder Aktienfonds generieren. Das war nun Mal Maltes Einstellung. Er verteufelte Aktien keinesfalls, er verherrlichte sie und heute, da die Zinsen sehr rar gesät sind, muss man sich überlegen, ob man nicht doch wieder einsteigt.

Es war die Zeit, in der die Regierung Schröder von Frau Merkel abgelöst wurde. Die erste weibliche Kanzlerin Deutschlands führte hernach ein angenehmes und fortschrittliches Land. Ausländische Völker stürmten Deutschland um sich die Fußball-Weltmeisterschaft anzusehen und waren überrascht darüber wie der moderne Deutsche denn war: Lustig und freundlich. Alles war gut organisiert, aber darin waren die Deutschen schon immer stark.

Es waren die Jahre, da wir stetigen Wirtschaftswachstum hatten, solange bis die Weltwirtschaftskrise im Jahre 2008 die USA und danach die ganze Welt wie eine Zecke befiel. Präsident Obama war dennoch überall auf der Welt ein gerngesehener Gast, sein Charme ließ nicht zu wünschen übrig, auch wenn Rechtsradikale das wohl anders sehen. Er ist kein „Verrückter Amerikaner", wie wir sie so kennen. Er ist Demokrat und darin sehr bewandt, schloss daher - was logisch scheint – eine politische Freundschaft mit Kanzlerin Merkel, die mehrere Präsidenten im Amt überlebte. Beide sind intelligent und Johannes verlor nur wenige üble Worte über dieses weltgewandte Duo. Johannes war nämlich nicht minder schlau und als intelligenter Mensch schätzt man Gleichgesinnte – keine Frage.
Meine Intelligenz kam an die von Johannes nie wirklich heran, da ich nur sehr grüblerisch dachte, was den kreativ-intelligenten Prozess eines Menschen unheimlich schmälert und stört. Vielmehr sollte man offen sein im Kopf, offen für herbeifliegende Ideen, diese Offenheit erst macht reale Intelligenz möglich, so wie sie Johannes aber auch Clara, Isabel, Malte,

mein Bruder Felix wie auch seine Freundin Enie bei sich hatten. Diese Menschen waren wirklich schlau, ich hingegen war pseudointelligent, glaubte schlau zu sein, hatte aber die Welt der Gefühle - und auch Gefühle haben eine Intelligenz - nicht an mich gelassen.

6

Die Chefs der Renovierung von Isabels und Maltes erster eigener Wohnung waren Johannes und Malte. Malte wollte in Erfahrung bringen, ob denn Strom auf einem Kabel war, denn er musste damit hantieren. Also fragte er den zweiten Chef; das war demnach Johannes. »Nein nein, Malte. Da ist kein Strom auf der Leitung. Sieh nur her...« Johannes nahm das Kabel in die Hand und fuchtelte fröhlich und siegessicher damit herum. »Da kannst du ganz sicher sein. Ich würde mich doch nicht selbst dem Strom ausliefern, wenn hier welches drauf wäre. Nein...« Sie arbeiteten weiter, doch die Sicherung sprang immer wieder raus, sodass Malte daraufhin den Stromfluss überprüfen wollte.

Malte überraschte Johannes als er ihn unterbrach. »Wir testen das jetzt«. Malte nahm einen Prüf-Schraubenzieher und legte ihn auf das Ende des Kabels um untersuchen zu können, ob da denn der Strom darauf lauerte. »Hm, Johannes. Das Lämpchen hier leuchtet. Es ist also doch Strom auf der Leitung. Gut, dass ich aufgepasst habe«.

Johannes meinte: »Ist doch nicht schlimm. Dafür hast du es ja geprüft«.

Isabel wurde ein wenig zornig. Stromschläge können einen schon Mal richtig durchschütteln. »Papa«, sagte sie. »Warum sagst du denn dem Malte, dass die Leitung sicher ist«?

Johannes runzelte die Stirn. »Ich habe halt gedacht es ist so«.

»Johannes«, sagte unsere Mutter Clara. »Prüfe doch erst bevor du dir da so sicher bist. Du hättest beinahe selbst einen Schlag bekommen, so wie du damit umgesprungen bist«.

Johannes: »Nein, nein. Mir passiert schon nichts. Malte hat ja die Leitung geprüft«.

Malte runzelte nun seinerseits die Stirn, doch er konnte eigentlich Johannes nichts ankreiden, denn er war nicht weniger wild und lässig als der Schwiegervater.

Auch Maltes Vater war fröhlich und leidenschaftlich. Er hatte regelrecht mein Herz erobert, als wir ihn einige Jahre zuvor kennenlernen durften. Dies geschah auf einem Grilltreffen im Garten der Eltern von Malte. Rüdiger grillte das Fleisch, das Berta vorbereitet hatte. Und Johannes war natürlich auch da an vorderster Front und wendete mit Rüdiger zusammen die Steaks. Rüdiger hatte zuvor die Kohlebriquettes in den Grill gelegt, und als wir bei ihnen ankamen, da überreichte gerade Berta das Fleisch an Rüdiger. Als dieser die Steaks aufgelegt hatte, nahm Johannes ihm das Werkzeug kurzerhand ab und sagte: »Darf ich mal«?

Rüdiger sagte: »Ja erst mal: Wer bist du denn«?

Die beiden hatten sich ja noch gar nicht gekannt, doch Johannes wusste zu antworten: »Na gut. Entschuldigung. Ich bin Isabels Vater Johannes«.

»Ah, Johannes. Du bist auch ein Griller«?

»Ja und wie«!

»Na dann wende mal ordentlich das Fleisch. Hast ja schon die Zange in der Hand«.

Berta hatte Salate und Beilagen auf einen Tisch auf der Terrasse hingestellt. Ihre Mutter, Maltes Großmutter, backte Zwiebelkuchen und Hörnchen und war darin sehr gut - wie auch im Gespräch mit den

Anwesenden, wo sie als eine ultrasympathische Person auftrat. Ihr Mann war etwas zurückhaltender aber nicht viel weniger lustig. Berta hatte von beiden Elternteilen ihre Vorteile sozusagen mit der Muttermilch aufgesogen, und so ist sie redegewandt und fröhlich, immer zuvorkommend und gesellig. Eine Bilderbuchfamilie dachte ich mir da. Und wir passen da sehr gut hinein, war ein weiterer meiner Gedanken.

»Und du arbeitest bei der Audi, Johannes«? fragte Rüdiger mit einem Frohsinn, der Genosse Ceausescu in den Schatten zu stellen vermochte.

Familie Sonnhofen kam in den Neunzigern aus Rumänien in das sonnenverwöhnte und grünsprießende Örtchen am Neckar und fügte sich sehr gut in das Stadtgebilde ein.

Als Johannes seine Anstellung bei der Automobilfirma bestätigte, war Rüdiger hocherfreut und fragte weiter, ob er denn auch Weihnachtsgeld bekäme.

»Na klar doch. Das bekommt doch jeder«.

»Nein« meinte nun Rüdiger. »Das bekommen nur die guten Leute. So wie du und ich«.

Unsere Mutter Clara horchte auf und zog die Augen hoch. »Oh, also nur die guten Leute«.

Rüdigers Frau Berta sagte dazu: »Na hör mal, Rüdiger. Das kommt doch auf die Firma an, ob sie Weihnachtsgeld geben oder nicht«.

Rüdiger dann: »Ja klar. Und es kommt noch auf dich an«.

Berta: »Das ist mir aber neu«.

»Nein«, sagte der hochintelligente Malte. »Die machen da keine Unterschiede beim Personal. Wenn das Unternehmen zahlt, dann an alle Mitarbeiter«.

Rüdiger: »Oh Gott oh Gott, habe ich aber einen schlauen Jungen«.

Malte war still geblieben, wollte diesen Satz vom Vater nur aussitzen, doch dann schaltete sich Isabel kurzum ein und meinte, ihr Malte sei eben sehr schlau, aber er habe auch Herz und das zähle doch für eine Frau am meisten.

»Genau«, warf Johannes nun ein und lächelte dabei verschmitzt. Nun war es Rüdiger, der ein wenig schmollte, obgleich er keinen Grund dafür haben durfte.

Gehen wir nun weiter, zurück zur Renovierung der ersten eigenen Wohnung von Isabel und Malte. Die Küche hatten Isabel und Malte bestellt, doch es lag jetzt an Malte und Johannes ein Loch in die

Außenwand der Wohnung einzubohren, worin die Leitung für den Abdunst hineingelegt werden sollte. »Also gut, Malte. Gehe jetzt nach unten zu den homosexuellen Nachbarn und frage sie, ob du eine Leiter bei ihnen aufstellen könntest, damit du an die Stelle hier rankommst«. Er zeigte auf eine Stelle, wohin das Loch hineingebohrt werden musste. »Du siehst ja, dass wir von hier aus nicht an die Stelle kommen«.

»Hm«, brummte Malte, hielt inne und wollte seine Antwort aussitzen. Doch Johannes fragte, was denn sei.

Im nächsten Moment hatte Johannes Maltes Gesichtsausdruck abgelesen und meinte, Malte hätte wohl Angst, die Homosexuellen würden ihn dortbehalten.

Malte: »Hm. Okay, Johannes. Dann machen wir es doch so: Wir bohren einfach von hier aus. Ich glaube ich komme doch ganz gut dahin«.

Johannes sah sich die Lage an und bejahte Maltes Idee: »Könnte gehen. Muss einfach gehen. Wenn wir beide nicht runtergehen wollen, dann müssen wir uns eben hier strecken«. Was er auch im nächsten Augenblick tat, und schwuppdiwupp: Die Sache war erledigt. Johannes hatte das Loch für den Abdunst ausgebohrt und er und Malte waren frauenverbunden geblieben bis zum heutigen Tag.

TEIL 4
Vor einigen Jahren bis heute

1

Die Vater-Tochter-Geschichte nahm so seinen weiteren Verlauf, als wir das Erdgeschoss renovierten. Da Isabel gut im Tapezieren war, unternahm sie den Versuch, das Wohnzimmer mit Tapeten neu einzukleiden, was sie mit Wohlwollen tat.

Um sicherzugehen, dass sie keinen Stromschlag an einer Steckdose im Wohnzimmer bekommen sollte, fragte sie Johannes, ob denn gerade Strom durch jene Steckdose ginge, denn sie musste mit der Tapete da herankommen.

»Nein, nein. Da ist kein Strom drauf, Isabel, keine Sorge, kannst hier tapezieren«.

»Na dann kann ich ja weitermachen, Papa«.

Isabel strich die Bahn an der Wand mit Kleister zu und legte den passenden Streifen Tapete darüber. Doch nun geschah etwas Merkwürdiges, etwas ganz und gar nicht Geplantes. Denn als Isabel die Bahn von oben bis unten an die Wand legte, da streifte sie das Metall der nackten Steckdose, und flutsch bekam sie einen ordentlichen Schlag aus der Steckdose. Der Strom bewegte sich also kurzerhand durch ihren Körper, sie wurde durchgeschüttelt, war dem

ausgesetzt wie ein Lahmer seinen nicht funktionie-
renden Beinen.

Als die Situation vorüber war – Gott sei Dank –, da
ärgerte sie sich über Johannes. Er habe gesagt, die
Steckdose sei sicher, und jetzt das…

Johannes schaute verwundert, sah sich die Steckdose
nun genauer an, und bemerkte, dass ein Kabel ein-
gequetscht war und so Strom auf dem Metallgehäuse
der nackten Steckdose war.

Solche Dinge geschehen immer Mal wieder. Der
Mensch irrt sich dafür einfach viel zu oft. So war es
auch hier und so würde es – auch in unseren Leben
– weitergehen. Die Welt dreht sich weiter und der
Mensch lebt auf der Erde, die ihre Lehren und Weis-
heiten verbirgt und wieder ausschüttet. Verbirgt und
wieder ausschüttet.

Isabel brauchte dann einen Moment um zu sich zu
kommen, wieder fit und auf der Höhe zu sein. Johannes konnte sich ein Schmunzeln nicht verknei-
fen, aber Isabel nahm es ihm niemals übel. Zu sehr
liebt sie ihn und heute trägt sie diese Liebe mit sich
und gibt sie auch an ihren Nachkommen weiter.

Wer Johannes erlebt, der weiß, dass er nicht böse ist
beim Schmunzeln oder Lachen. Er lacht und
schmunzelt einfach über das Leben und die

Menschen darin. So einfach ist das, und so einfach sieht unser Vater es auch.

2

Einmal, Johannes war mal wieder bei guter Laune, erzählte er mir eine hanebüchene, weil mutige Geschichte, die er mit seinem Sohn Felix erlebt hatte. Ich hörte gerne zu, denn Johannes ist mir stets ein wundervoller Gesprächspartner. Ich kann gar nicht mehr sagen, wo wir saßen, aber die Geschichte, die weiß ich noch.

Felix musste, es war in den Jahren seines Abiturs, am Morgen ins Gymnasium zum Unterricht fahren. Er benutzte dazu mein Fahrzeug, einen Toyota. Ich selbst hatte ihn Felix zur Verfügung gestellt, weil ich bei der Bundeswehr den Dienst leistete und dafür immer den Zug nahm.

Als nun Felix von unserem Grundstück abfuhr, lenkte er nach rechts auf eine Straße, die etwa achthundert Meter weit hinausgeht, doch Felix benötigte nur einige Sekunden dafür, denn schon krachte er mit beiden Vorderrädern gegen den Bürgersteig.

Was ihn hierbei geritten hatte kann ich nicht sagen. Doch was ich weiß ist, dass beide Reifen platzten und das Fahrzeug zusammensackte. Felix hatte einen Schrecken bekommen, stieg aus dem Toyota und sah sich das Schlamassel an.

Was tun? Nun, er wusste, dass Johannes zuhause war und Johannes war immer hilfsbereit. Warum auch nicht an diesem Tag? Schließlich ist er ein Vorbild für Felix und Felix kam kein besserer Gedanke, als den Fußmarsch von zwei Minuten nach Hause anzutreten. Er war sich sicher, dass unser Papa eine Lösung für das Problem parat hatte, denn er hatte immer eine Lösung. Als nun Felix zuhause ankam, schilderte er unserem Papa was passiert war. Dieser konnte in einer Minute Bedenkzeit sagen: »Gut, Felix. Du nimmst meinen Autoschlüssel und fährst mit meinem Wagen in die Schule. Ich kümmere mich um den Toyota von Stephan«.

Gut, dachte Felix und entnahm den Schlüssel aus dem Schlüsselkasten. Er nahm seinen mitgebrachten Rucksack über die Schulter, öffnete die Garage und stieg in Johannes` Toyota Previa ein. Sogleich war er auf dem Weg in eine benachbarte Stadt wo sein Gymnasium stand.

Johannes aber nahm zwei meiner Winterräder aus der Garage und schleppte sie die dreihundert Meter bis zur Unfallstelle. Er nahm den Wagenheber aus dem Kofferraum, hob das Fahrzeug an, drehte die Schrauben ab und wechselte die Räder. Dann kamen wieder die passenden Schrauben für die Winterräder drauf und er konnte den Toyota wieder mit dem Wagenheber herablassen.

Er mochte meinen Toyota und wir beide waren der Marke durchaus verschrieben.

Fix und fertig schwang er sich hinter das Steuer, lenkte den Wagen nach Hause und stellte ihn in eine der Garagen.

Johannes atmete tief aus und seufzte dabei: »Gott, war ich dumm«, berichtete er mir und erklärte sogleich, warum er so fühlte.

Und so sprach er: »Ich hätte doch einfach Felix sagen können, er soll mich mit dem Previa zur Unfallstelle bringen. Dann hätte er weiter in seine Schule fahren können und ich hätte die beiden schweren Räder nicht den weiten Weg tragen müssen. **Wenn der Kopf nicht arbeitet, dann müssen es die Hände tun«.**

Ich hatte Johannes in dieser Situation als stark empfunden, schleppte er doch tatsächlich zwei Autoräder die halbe Straße lang. Aber er ist nun mal heroisch und die schwere Arbeit bei Audi hatte ihm einen gewissen Standard an Muskeln beigebracht, die er hier anwenden konnte.

Dass er sich als dumm bezeichnete, weise ich nun völlig zurück. Er ist immer intelligent und immer hoch motiviert; was er auch anfängt, das bringt er fertig. Aber ich bin da - im Selbstzweifel - genauso gestrickt. Sehe mich manches Mal als dumm, was Johannes mir wiederum nicht abkauft.

3

An einem schönen, warmen Sommertag waren Felix mit Enie und Malte mit Isabel bei uns zugegen. Enie und Clara hatten auf der Terrasse Platz genommen und beobachteten das Geschehen um Johannes herum. Johannes spielte den Ball zu Isabel, sie wiederum pritschte ihn zu ihrem Malte. Der Volleyball machte seine Runden, auch bei Felix und mir flog er herbei.

Wir hatten einen Heidenspaß, der Rasen war gut gepflegt worden und so musste keiner darüber stolpern und sich eine Verletzung zuziehen. Es geschah aber der Vorfall, den wir bis heute vergnügt erzählen. Als denn der Ball in Richtung Johannes gespielt wurde, erkannte dieser, dass der Ball etwas zu lang für ihn war. Johannes aber war kein Freund des Aufgebens. Er wollte den Volleyball – was es auch kosten mag – erreichen und so streckte er sich in die Luft, sprang mit den Füßen dabei ab und flog wie ein Vogel rücklings in seinen so heißgeliebten Teich. Die Fische begrüßten seinen Besuch und alle lachten sich einen ab. Ich hingegen hatte Mitleid. »Papa«, rief ich und sah wie sich unser Vater im Teichwasser suhlte.

Den Teich hatte er schon früh angelegt, Jahrzehntelang kümmerte er sich um diesen mit Hingebung und Sorgfalt, mit Leidenschaft und prüfendem Blick. Mal mussten die Fische gefüttert, mal der Teichboden gesaugt werden. Das war ihm alles niemals zu viel an Arbeit, denn er liebte die Arbeit, wenn Hände zum Werkzeug und Pläne und Disziplin zum Auftrag wurden.

Er hatte sich auch immer alles zurechtgelegt, denn von mir konnte er keine Hilfe verlangen. Das war Standard, dass er Stützstäbe benutzte um Dinge festzumachen, wenn er eigentlich mehr als zwei Hände gebrauchen musste. Ich trauere dieser Vergangenheit nach und es ist nun an mir, alles wiedergutzumachen, was ich damals verbrochen und versäumt hatte.

Deutschland war nach der Wirtschaftskrise wieder auf dem Weg zu Wachstum und Stabilität und auch Johannes war – trotz seiner Krankheit – stabil und unglaublich kämpferisch.

Mir ging es mittlerweile schon besser und ich begann mein Leben zu genießen und nicht zu meckern und zu klagen. Das war für Johannes nie eine Option, klagen und murren; das machte man nicht. Das war eine unglaubliche Stärke, die er in diesen Jahren an den Tag legte und ich schätze sie heute unweigerlich und ohne Zweifel an ihm.

Er schritt aus dem Teich und wrang sein T-Shirt aus. Unsere Mutter machte gar kein großes Aufhebens, führte ihn ins Schlafzimmer und zog ihm die durchnässten Klamotten aus, wrang dann ihrerseits alles aus, hängte die Kleidung an ein Seil, um sie später in die Waschmaschine zu stecken, denn die Algen und Bakterien vom Teich hatten sich darin festgesetzt und das musste man reinigen und trocknen.
Mit frischen kurzen Hosen und T-Shirt kam Johannes einige Minuten später wieder an die frische Luft, zu uns, und musste sich ein Gelächter gefallen lassen, wobei er selbst dabei zu schmunzeln begann. Er

nahm es uns deshalb gar nicht übel, denn wir lachten ihn nicht aus. Nein, die Situation war einfach urkomisch.

4

An diesem Abend saßen Johannes und ich im Keller, genaugenommen im Heizraum, wo sich Johannes eine Art Hobbyraum eingerichtet hatte. Tisch und Stühle, Fernseher und er konnte darin rauchen, allerdings nur wenn gerade keine Wäsche an der Leine hing, denn den Raum nutzte Clara auch als Waschraum.

Johannes: »Ich könnte hier unten praktisch leben«.

Ich fügte hinzu: »Hast einen Fernseher, darfst rauchen und die Vorräte liegen nur ein paar Schritte von hier aus. Du hast recht, Papa. Hier unten könnte man leben«.

Johannes scharmützelte aber: »Ich mache nur Spaß«.

»Ich weiß doch, Papa. Du machst sehr gerne Spaß«.

Sodann reizte Johannes mich, als er sprach: »Nur leider verstehst du keinen Spaß. Ich meine es ja nicht böse. Ich will dich ja nicht beleidigen, wenn ich etwas Lustiges über dich sage. Du nimmst eben alles viel zu ernst«.

»Ich nehme es nicht ernst, Papa«.

»Hm, Stephan«. Dann flüsterte er: »Du siehst es nur nicht«.

»Nein, Papa. Du verstehst mich nicht. Du hast keinen Respekt für mich, wenn du Witze über mich reißt«.

»Ich habe noch viel zu viel Respekt vor dir, Stephan. Du darfst alles machen, selbst beleidigen tust du mich, obwohl ich dein Vater bin. So etwas darf eigentlich nicht vorkommen. Dass der Sohn laut gegenüber dem Vater wird. So wie du mit mir sprichst, das hätte ich nie gewagt gegenüber meinem Vater«.

Ich verstummte und sprach ihn auf seine Eltern an.

»Dein Vater war in Gefangenschaft«?

»Ja, das war er. Und später, als er starb, waren wir Sieben ohne Vater geblieben und unsere Mutter ohne Mann«.

»Und deine Mutter«?

»Ja, Stephan. Es war so: Sie ist mit einigen meiner Geschwister von Moldawien zurück nach Sibirien ausgereist. Kurz darauf lief sie eine Straße entlang, dann wurde es ihr schlecht und sie rannte zur Seite in ein leerstehendes Haus, setzte sich hin und verstarb daraufhin...Unsere Mutter war eine gute Frau, einmal hatte sie einem kleinen Jungen Weizen in seine Hosentasche gesteckt, weil der Junge am Hungertod nagte. Als das jemand sah wurde sie streng bestraft. So wurde eine gute Tat als ein Verbrechen angesehen: was für eine tolle Sowjetunion. Sicherlich stahl sie den Weizen vom Volk, allerdings sollte Recht einfacher ausgelegt werden; und gnädig waren sie mit meiner Mutter auch nicht«.

»Du meinst es richtig, Papa«.

»Was hättest du denn getan, wenn du ein hungriges Kind dastehen siehst und der Weizen vor dir liegt. Hättest du nicht diesem Findling etwas Weizen gegeben«?

»Doch Papa«.

»Hör mal, Stephan. Du nimmst es mir doch nicht übel, wenn ich dich manchmal etwas angreife«?

»Ist doch nur Spaß, Papa«.

»Genau. Und irgendwann wirst du mich verstehen, dann wirst du selbst über andere Lachen und mit ihnen scherzen. Okay«?

Ich nickte, ein wenig zögerlich, doch diese Worte hatten mich getroffen und kurze Zeit später verstand ich dann den Spaß, einen Heidenspaß, den mein Vater wie auch andere aus der Familie so gerne von sich gaben.

5

Maltes Onkel und Tante luden zum Grillfest ein. »Hallo Friedhelm. Hallo Petra«, sagte Johannes als beide ihm ihre Hände reichten. Es war eine lustige, gutlaunige und menschenreiche Versammlung bei Friedhelm und Petra. Ihre Tochter Fanny war beider gemeinsames, einziges Kind und hatte das Gespräch sogleich mit Maltes Bruder angefangen. Maltes Bruder war nicht redefreudig, aber mit Fanny sprach er immer gerne. Sie wiederum war anders, so redete sie sehr gerne und fleißig in einem guten Deutsch, welches sie ihren Eltern und der Schulbildung verdankte; und natürlich ihrem Eifer auf Zielerreichung und Erfolg. Auch Fanny hat internationale Einflüsse, denn Friedhelm war in Polen aufgewachsen und Petra in Rumänien. Zudem sind beide von Geburt an Deutsche und all das hat sich auf Fanny ausgewirkt.

»Sieh mal her, Johannes«, sagte Friedhelm und zeigte auf eine Wand der Terrasse. »Hier geht der Putz runter, und deine Frau Clara sagt, du kannst alles reparieren. Also, was sagst du«?

»Weißt du Friedhelm. Ich mache ja Vieles selbst, aber verputzen, das liebe und kann ich nicht«.

»Doch, doch Johannes«, sagte Friedhelm, »das kannst du schon. Nun sei mal nicht so schüchtern«.

»Also gut, dann machen wir das in der nächsten Woche«, kam es mutig und selbstbewusst von Johannes herausgesprudelt.

Friedhelm fragte zuvorkommend und freundschaftlich: »Was brauchst du dafür? Was muss ich kaufen«?

Johannes war ebenso nett, als er sagte: »Brauchst du nicht. Ich bringe alles mit«.

»Oh. Gut. Abgemacht«, sagte Friedhelm. »Ich bin mal gespannt, ob du das hinkriegst«.

»Hör mal, Friedhelm«, sagte Petra, die dazugestoßen war. Gib mal dem Johannes ein Bier«.

»Oh, tut mir leid Johannes. Ich habe dir ja gar nichts angeboten. Bier«?

Aufmerksam waren sie beide, ob Petra oder Friedhelm, und sie haben ihr Herz auf der Zunge, was ich an Leuten sehr schätze, denn da weiß man wo man dran ist.

»Du bist ein guter Junge«, sagte Friedhelm zu mir, als ich mich zu ihnen stellte. Ich hatte es geschafft, dass jemand mich als gut bezeichnete. Davon hatte ich immer nur geschwärmt und geträumt. Jetzt wurde ich gemocht, was für ein Erfolg für mich.

Ich mag auch Friedhelm, der offenherzig und ehrlich spricht, mit einer inneren Ausgeglichenheit und einem Charme, wie sie Männer dieser Generation – der auch Johannes angehörte – ihn eben haben.

Petra sagte in die Runde: »Ist schön, dass Ihr alle gekommen seid. Macht doch immer wieder Spaß, wenn man sich so trifft, in geselliger Runde«.

Clara stimmte mit ein: »Da hast du recht Petra«.

Friedhelm: »Ein Hoch auf Petra«.

Johannes: »Ein Hoch auf Friedhelm«.

Dieser aber meinte: »Lobe mich nur nicht zu sehr«.

Rüdiger pirschte sich heran und Johannes bemerkte ihn sogleich an seinen Schritten, gemächlich und leise kam er herbei. »Ah, Rüdiger. Bist du auch schon da. Wir haben dich schon vermisst«.

»Weißt du Johannes. Ich habe gedacht ich komme etwas später, wenn das Fleisch fertig ist und ich beim Grillen nicht mehr helfen muss«.

Friedhelm: »Du bist aber ein ganz Schlauer«.

Rüdiger: »Das ist aber nicht wahr. Warum soll man sich die Hände schmutzig machen, wenn man eingeladen ist«.

Johannes stimmte theatralisch und ironisch mit ein, als er sagte: »Genauso ist es«.

Berta hörte das und rief: »Das ist eben mein Mann. Der ist immer lustig, außer wenn er nicht lustig ist, dann ist er unerträglich«.

Rüdiger dann wutentbrannt: »Was heißt hier unerträglich? Ich bin immer gut drauf«.

Als ich ihn sogleich anlächelte, war er wieder sehr gut bei Laune und sprach:

»Sag mal Stephan. Bin ich bei guter Laune oder bin ich nicht bei guter Laune«?

Ich antwortete ihm daraufhin: »Du bist ein echter Freund«.

»Siehste«.

»Ja«, sagte Friedhelm. »Und doch hat er sich nicht mal die Finger schmutzig gemacht«.

Rüdiger horchte auf und runzelte die Stirn. Ich hätte ihn da lieber lockerer gesehen, doch ich war immer noch von ihm als einen Freund überzeugt. Ich hoffe nur er sieht auch mich als Freund, da ich mich doch verändert habe.

6

Johannes` Schwester Theresa lud zur Grillfeier ein.
Ihr Mann und ihr Schwiegersohn hatten am Grill zu
tun. Es wurde Schaschlik gegrillt, auf dem selbstge-
bauten Grill neben einer Hütte auf dem Wochen-
endgarten, den der Schwiegersohn mit Theresas
Tochter gekauft und Theresa mit Mann bewirtschaf-
teten. Im Sommer konnte man diesen Garten zum
Grillen sehr gut nutzen und so brachte Schwiegersohn Michael den Schaschlik und Theresas Tochter
Helen, die mal wieder sensationell gut gekleidet war,
mit einer dunklen und bunt betupften Bluse und

sehr gut geschnittenen Jeans, tat jedem Getränke in die Gläser und begrüßte uns nochmal.

Theresas Ehemann Igor prostete Johannes zu, die Gläser klirrten und die Mägen sogen den Alkohol auf. Schaschlik, Salate und Beilagen, bildeten die Grundlage.

Theresa stieß nun auch mit Johannes an.

»Schön, dass du da bist, Johannes. Wir haben uns jetzt schon viele Wochen nicht gesehen«.

Johannes lächelte. »Hättest du mich früher eingeladen«.

»Nun«, sagte Theresa. »Ich dachte dir geht es nicht so gut, weil du dich nicht meldest«.

Johannes: »Mir geht es wunderbar«.

Theresa: »Ja, ja. Du brauchst mit nichts erzählen. Du lügst doch«.

Johannes war immer positiv eingestellt, das ließ er sich von keinem nehmen, auch von der älteren Schwester nicht, die ihn mit schiefgestelltem Kopf ansah und sprach: »Du hast doch was«.

»Ja«, druckste er herum, dann aber sprach er es ehrlich aus: »Die Metastasen sind jetzt aus der Blase herausgewandert und haben sich in die Lymphknoten gesetzt, die neben der Blase liegen«.

Theresa: »Das ist nicht gut«.

Igor: »Du hast doch eine Chance«?

Johannes: »Die Ärzte malen schon den Teufel an die Wand. Da hat die Hausärztin mich gefragt, ob ich denn alles für den Tod geklärt habe«.

Ich: »Was für eine dumme Kuh«.

Theresa: »Ja, sie müssen das sagen«.

Clara: »Nein, das müssen sie nicht. Sie machen den Patienten noch ganz fertig mit ihren Prognosen. Klar, ist er dann ganz niedergeschlagen«.

Die Hausärztin hatte den Bogen weit überspannt und in dieser Runde bekam sie ihr Fett weg, auch wenn sie nicht anwesend war. Eine solche Prognose war für uns alle etwas nicht Reales, und obwohl Theresa Verständnis für die Ärzte zeigte, so wurde sie von Johannes und Clara eines Besseren belehrt und schwenkte um.

Johannes: »Jetzt aber…anderes Thema. Isabel wird bald heiraten und ich hoffe ja immer noch, dass wir Enkelkinder bekommen«.

Clara: »Du wirst noch Enkelkinder aufwachsen sehen, Johannes«.

»Wenn mir noch Zeit bleibt«.

Ich munterte ihn auf und sagte mit fester Stimme: »Auf der Hochzeit werden wir mal wieder so richtig feiern, Papa«.

Theresa meinte: »Oh, da freue ich mich aber schon darauf. Johannes, du feierst doch immer so gerne«.

Die Klinik, die Johannes in diesen Tagen besuchte wurde gerade umgebaut, doch Johannes durfte die Chemotherapie noch im alten Trakt erhalten. Ich hatte ihn begleitet. Ich war ein Fels geworden in diesem gefährlichen Sumpf und ich gab ihn – wie wir alle in der Familie – nicht auf, keinesfalls. Seine körperliche Verfassung war gar nicht schlecht und so vertrug er die Therapie ganz gut.

Eine Krankenschwester schloss die Infusion mit Kochsalz an, später würde die Chemo folgen, danach noch einmal eine Kochsalzlösung. Die Lösung tropfte nieder und gelangte durch seinen Arm in den Körper.

»Das dauert jetzt eine Weile, Stephan«, sagte er mir.

»Kein Problem Papa. Ich bin da«.

In dieser Zeit war ich bereits in einer Frührente gesichert und so konnte ich mich für die Fahrten und die Begleitung von Johannes frei machen. Er hat es wohl nie als selbstverständlich gehalten. Aber was bleibt einem da anderes übrig als zur Familie zu halten und ihm gemeinsame Zeit zu geben.

Johannes öffnete eine Flasche Wasser und trank daraus. Ich nahm mir vom Tischchen der Klinik einen Becher und goss mir Wasser hinein. Johannes wollte

eben nicht zu diesem Tischchen rüberfahren und so
hatte er eine Flasche direkt am Fenster, wo er die
Chemotherapie bekam.

7

Die Hochzeit von Isabel und Malte war eine wundervolle Gelegenheit für Johannes, alle Verwandten
zu treffen und zu tanzen, einfach, um in Gesellschaft
von Leuten zu sein. Er schwört bis heute noch darauf, dass Beschäftigung und Gesellschaft Themen
sind, die dem Körper wie auch den Nerven und der
Seele, guttun. Wer sich mit Arbeit oder in Unterhaltungen von seinen Krankheiten ablenkt, der ist ein
großer Meister, denke auch ich nun. Denn wer nur
sitzt und nichts tut, der bekommt dabei Gedanken
um Gedanken in den Kopf, sie drehen sich im Verstand und man kommt ohnehin zu keinem Ergebnis.
Wer aber spontan denkt – und das nenne ich »Fühlen« – der sitzt nicht fest, sondern ist kreativ und gut
im Gefühl für die Mitmenschen. Der ist nicht stur
und hartgesotten. Nein, ein solcher Mensch ist
Mensch geblieben im wahrsten Sinne des Wortes.

Die Musiker spielten einen Marsch und Malte und Isabel traten in den Eingangsbereich des Saales, gefolgt von unseren Eltern, die beide ein großartiges Lächeln aufgesetzt hatten. Johannes konnte froh sein, dass seine liebe Prinzessin nun unter der Haube war und dass eine schöne, festliche Stimmung - schon jetzt beim Hereintreten – herrschte.

Isabel und Malte kamen an ihren Tisch, der großartig geschmückt war - in den Farben grün und weiß. Dafür hatten Isabel und Johannes zuvor grüne Bänder als Tischläufer genäht. Diese kamen nun zum Einsatz, nicht nur auf dem Tisch des Hochzeitspaares, sondern auch auf den Tischen der angereisten Gäste. Die Planung lag in den Händen von Isabel und unseren Eltern, sie alle legten Wert auf eine schöne, heimische Feier, keine stur kalte und fremdartige, sondern eine warmherzige und festliche.

Die Musiker spielten deutsche und englische Lieder, waren vom Mittag bis in die Nacht hinein gut aufgelegt und spielten in der ganzen Zeit mit vollem Einsatz und aller Liebe.

Die Eröffnungsworte kamen vom Brautpaar, das gemeinschaftlich in diesem Moment nicht viel sprach. Isabel war wie erschlagen, als ihr das Mikrophon in die Hand gelegt wurde, obwohl sie eigentlich sonst niemals auf den Mund gefallen war. Doch diese Situation war einfach herzerwärmend menschlich und das zeigte sich auch am ersten Tanz, den Isabel mit ihrem lieben Vater eingeleitet hatte, gefolgt von allen anderen, die sich mutig gezeigt hatten und auf die Tanzfläche dazustießen. Darunter auch Rüdiger und Berta, die Eltern des Bräutigams.

Sodann schnappte sich Rüdiger seine Schwiegertochter und tanzte mit ihr über das Parkett. »Und? Ist sie schön? Die Hochzeit«?

Isabel antwortete fein: »Noch schöner als gedacht. Hast aber einen schönen Anzug an«.

Rüdiger dann keck: »Nein, einen *tollen* Anzug«.

Rüdiger kam in Plauderlaune und meinte: »Es ist doch schön, dass Ihr dann doch endlich heiratet«.

Isabel: »Da musst du deinen Sohn anhauen. Er hätte ja den Antrag früher machen können. Ich bin doch nicht schuld, dass er so lange gewartet hat«.

Rüdiger: »Klar. Es muss schon der Mann den Antrag machen. Wir haben ja alle darauf hingewiesen, dass Ihr doch bald heiraten solltet. Ihr seid ja schon eine Ewigkeit zusammen«.

Isabel dann stolz: »Schon von der Jugend an«.

Rüdiger lächelte sie an und schwenkte dann zu Berta hinüber, um nun mit ihr über die Tanzfläche zu sausen.

Johannes, der nun mit Clara tanzte, hatte folgende Worte für seine Frau: »Endlich tanzen wir zusammen, du und ich«.

Clara antwortete: »Du bist mein Mann«.

Johannes schaute stolz und geehrt in die Runde und konnte gar nicht anders als zu tanzen.

Das Essen wurde als Buffet aufgetischt. Es gab Suppe, Fisch, Fleisch, Gemüse und Salate. Mir hatten es die überbackenen Garnelen so angetan, die ich in Massen hinunterschlang, wie eine Schlange seine Beute. Und doch war ich vernünftiger geworden und gut gelaunt war ich an diesem Tag ebenso. Einen Plausch hier, einen anderen dort. Auch ich war in meinem Element.

Johannes stand mir dabei in nichts nach. Er plapperte mit tiefer, ruhiger Stimme. Bei Feiern war er immer hipp und ein gerngesehener Gesprächspartner. »Na, Friedhelm. Wie gefällt dir eine solche Hochzeitsfeier«?

»Sehr gut«, sagte Friedhelm brüsk. »Unter uns Osteuropäern ist natürlich eine Hochzeit so wie sie hier ist Gang und Gäbe, und trotzdem besonders, weil an Vieles gedacht wurde. Habe ich Recht«?

»Du hast immer Recht, Friedhelm«.

»Must mir keinen Honig um den Mund schmieren. Würde mir die Feier nicht gefallen, dann wäre ich der erste der dich ansprächе«.

Johannes: »Das hoffe ich doch, dass du mich als ersten ansprechen solltest«.

»Ja, Johannes. Jetzt sind wir sogar miteinander verwandt. Aus Freundschaft ist Familie geworden«.

»Wir verstehen uns, Friedhelm«.

»Und wie«!

8

Isabel und Malte nahmen gemeinschaftlich ein großes Messer in die Hände und schnitten die mehrbodige Hochzeitstorte an. Wer dabei die Hosen anhatte, das ist nicht überliefert, denn es gibt das Gerücht, dass dessen Hand beim Schneiden über dem des Partners liegt, der das Sagen in der Ehe haben würde.

Beide kennen diese Tradition, es ist deshalb gut möglich, dass sie beim Schneiden neutral geblieben waren.

Es war damals seit einigen Jahren die andere Tradition, dass unsere Mutter Clara immer das erste Stück einer Hochzeitstorte bekam. Und so stand sie schon mit einem Kuchenteller bereit, woraufhin Isabel ihr das erste Stück daraufuflegte.

Als Johannes an der Reihe war, lächelte er bis über beide Ohren. Er hatte so einige Hochzeiten mitgemacht, aber endlich war seine Prinzessin an der Reihe und das freute ihn übermäßig. Er war hocherfreut an diesem Tag und vielleicht hatte seine Stimmung auf alle anderen abgefärbt. Das könnte ich dem großen Johannes sehr zutrauen.

Er ist mächtig mit den Worten und schön in der Ausstrahlung. Liebe hatte sich in ihn gesetzt und diese Liebe hat er und haben auch wir niemals wieder verloren.

Theresa sprach mit Johannes.

»Und? Wie gefällt dir die Hochzeit deiner Isabel? Hast ja lange darauf gewartet. Ich finde es ist schön geworden«.

Johannes freute sich über Theresas richtigen Blick für die Feierlichkeiten und so sagte er: »Du hast vollkommen recht. Und es ist schön, dass alle gekommen sind«.

Theresa: »Ja, wenn du einlädst, dann kommen alle«.

Johannes schmunzelte ein wenig und meinte daraufhin, er habe da geholfen wo es möglich war.

»Das glaube ich, Johannes. Dass Clara und du sehr geholfen haben, besonders Clara hat wohl sehr gut ausgeholfen. Alleine hätte das Isabel auch nicht geschafft«.

Der Saal war lang und schmal und es fanden sich viele Holzstützbalken darin, die eine wohlige Atmosphäre brachten. An der Seite war das Buffet angebracht, die Bühne mit den Musikern war am Ende des Saals angebaut und für Kinder gab es in der Nähe des Eingangs ein Zimmer wo sie spielen konnten.

Es war das dreizehnte Jahr im neuen Jahrtausend und Kanzlerin Merkel würde in ihre dritte Legislaturperiode hineingewählt. Dem Land ging es gut, die Wirtschaft blühte – nach der Krise - auf. Die Mittelschicht hatte wieder mehr Kaufkraft erlangt und somit war der Konsum auf dem Vormarsch.

Johannes sprach noch mit Theresa ein wenig weiter und meinte, so gut wie es ihm heute ginge, war es niemals gewesen. Er würde das Fest genießen. Die Musik sei gut, das Essen ebenso, das Russlanddeutsche zubereitet hatten, die einige Orte weiter ihren Sitz hatten. Und die Leute hätten sich gut unterhalten, so er das einschätzen konnte.

»Ja, Johannes. Unsere Verwandtschaft ist groß aber auch gut. Klar, es gibt überall schwarze Schafe, aber wo gibt es die nicht«.

Johannes: »Ich sehe keine schwarzen Schafe. Sicher benehmen sich manche komisch, aber jeder ist anders. Man muss die Menschen so nehmen wie sie sind«.

»Du bist so ein guter Mensch, Johannes. Ich hätte die eine oder andere Aussage in der Familie nicht so schnell vergeben. Du siehst Viele viel zu gut«.

Johannes: »Es bringt ja nichts hinter dem Rücken zu meckern. Besser man sagt es ins Gesicht«.

Theresa: »Und das machst du ja auch manchmal. Ich weiß noch als unser Bruder auf einem Friedhof zu dir gesagt hatte, dass du noch zwei Jahre zu leben hättest. Er hatte phantasiert…«

»Ja, das war nicht schön von ihm«.

Ich habe diesem Spruch dieses Bruders sehr widersprochen, ihm zwar nichts ins Gesicht gesagt, aber vor Johannes habe ich das übelgeheißen. Wie konnte er nur so etwas sagen? Wie konnte er Johannes so vor den Kopf stoßen, wo doch klar war, dass er viel länger leben würde. Und das tat er ja auch. Er lebte, ganz gegen die Vision des Bruders.

Ich trete heute immer wieder mit einem Lächeln vor diesen Bruder, einfach um ihn gutzustimmen. Und doch kommen immer wieder Phantasien von ihm und seiner Frau auf. Wer braucht schon negative Phantasien? Wer braucht schon Vorhersagen, die nicht so eintreten wie diese beiden sie treffen? Viel schöner wären da Voraussagen, die Gutes bewirken, wenn man überhaupt in die Zukunft sehen sollte. Bevor man etwas Falsches sagt, hält man doch lieber seinen Mund. Man spürt doch, wenn etwas Falsches in einem aufkommt. Warum kann man da nicht einfach stehenbleiben und ruhig werden, anstatt stur die Voraussagung zu machen?

Johannes glaubt sicherlich an Zeichen, aber Prophezeiungen gegenüber wird auch er skeptisch sein. Wer weiß schon was der Morgen bringt? Wer weiß schon was morgen gesagt wird und was ein jeder Morgen tun würde? Planen kann man so einiges, wenn man zum Beispiel Projekte anfängt wie sie Johannes reichlich an der Zahl begonnen aber auch fertiggestellt hat. Das Leben planen aber kann man nicht, denn ich kann meinen Nachbarn nicht zwingen mir heute bei einem Projekt zu helfen. Wenn andere miteinbezogen werden sollen, dann ist das schon ein Eingriff ins Leben der Anderen und das ist einfach nicht stur planbar. Was ich aber selbst tun möchte, das kann ich steuern, wenn auch hier nicht immer.

»Das werde ich unserem Bruder nie vergeben«, sagte Theresa.

Johannes aber lächelte sie an: »Das sagst du nur so«.

Im nächsten Moment trat des Bruders Tochter Sophia an Johannes heran und sprach ihn an, als Theresa und er geendet hatten.

»Onkel Johannes. Hast du denn für diese Hochzeit gebetet«?

»Warum soll ich dafür beten«?

»Na, damit alles gutgeht«.

»Was kann denn heute schlecht gehen«?

»So einiges, Onkel Johannes«.

»Ich glaube nicht an Gott, Sophia«.

Sophia aber lächelte und sprach: »Aber ich würde mir wünschen, dass Sie gerettet werden«.

Johannes aber war ehrlich und sprach: »Was habe ich denn Schlechtes getan«?

Sophia: »Wenn Sie schon etwas Schlechtes denken sündigen Sie«.

Johannes sprach: »Denken kann man Vieles, aber was ich sage und tue ist wichtig. Oder kannst du Gedanken lesen«?

»Aber Sie haben bestimmt schon einmal etwas Schlimmes gesagt«.

»Sophia. Was willst du jetzt von mir«?

Sophia blieb aber hartnäckig.

»Ich stehe für die Wahrheit ein«.

Johannes: »Aber wer will schon deine Wahrheit wissen«.

Sophia: »Gott will sie wissen«.

Johannes: »Aber es gibt ja keinen Gott«.

Sophia: »Das ist Ihr Fehler, Onkel Johannes«.

Johannes: »Fehler macht jeder«.

Sophia aber war eine Gerettete und so verhielt sie sich auch.

»Aber wenn Sie zu Gott beten, dann werden Ihnen alle Ihre Fehler vergeben«.

»Wie kann jemand, den es nicht gibt, mir vergeben? Ich muss selbst darauf achten was ich sage«.

Sophia war mir sehr nahe in all den Jahren. Welche Worte auch von ihr kamen, im Gespräch mit ihr spüre ich immer eine Verbundenheit und ein gemeinsames Verständnis. Wenn ich mich mit ihr über Gott unterhalte, dann haben wir stets gleiche Ansichten und Aussichten. Johannes aber war da anders und auch ich hatte ihn auf Gott schon das eine oder andere Mal angesprochen, mal eine Bibelstelle hier, eine andere dort angefügt. Wenn ich es schlau anstellte, dann hörte Johannes immer zu. Man muss nur feinfühlig und intelligent vorgehen mit Leuten ohne Gott. Früher oder später, würde er doch glauben, dachte ich immer wieder. Denn ich weiß aus meiner Erfahrung was Gott mit uns macht, wenn wir uns ihm öffnen. Und doch widersprach ich Johannes niemals, wenn er mir seine Ansichten preisgab, denn ein jeder hat seine Erfahrung gemacht, egal in welche Richtung das geht.

9

In der Nacht von Isabels Hochzeit war die enge Familie noch zum Aufräumen in der Halle geblieben und Johannes sah sich das Buffet auf den Tischen an, das übriggeblieben war. Clara aber erkannte seinen Gesichtsausdruck und so sagte sie an uns alle gerichtet: »Wenn Ihr Hunger habt, dann esst noch, bevor ich alles in den Kühlschrank stelle«.

Und da war unsere Kamerer-Tradition, wieder in Erfüllung gegangen. Schon von Kindesbeinen an, hatte unsere Familie nach Festen immer noch Hunger in der Nacht bekommen, und als Felix und Isabel noch bei uns wohnten, waren wir Vier, also die beiden genannten, Johannes und ich, immerzu noch an den

Kühlschrank gegangen und aßen Reste der jeweiligen Feste auf.

»Dass Ihr immer noch nach der Feier essen müsst«, sagte Clara. »Dass Ihr euch nie während der Feier sattessen könnt«.

Die Braut dieser Feier, und das war Isabel, erklärte es Clara: »Wir feiern so gut und so intensiv, dass das Essen zweitrangig wird, während der Feier. Ist doch nicht schlimm, Mama«.

Clara winkte ab und machte sich daran, leere, unbenutzte Teller auf zwei, drei verbliebene Tische in der Halle zu stellen, damit unsere Familie, aber auch Isabels Schwiegereltern, die mithalfen beim Aufbauen und Abbauen des Festes, noch essen konnten. Johannes, Felix und ich aßen am Meisten, Isabel isst bis heute kleinere Portionen, ist schnell satt und hat doch einen Genuss am Essen.

Schweinehals ist das Lieblingsgericht von Clara, und wenn sie den einmal zuhause kochte, dann aß auch Johannes ihn sehr gerne. Dazu hatte er, mit all seinem Talent dafür, Bratkartoffeln gebraten, zuletzt benötigte dieses Gericht dann auch noch einen Salat.

10

Im nächsten Jahr hatte mein Bruder Felix seine Hochzeit mit Enie. Beide kannten sich bereits einige Jahre und sie waren immer nett miteinander, fanden immer Kompromisse und hatten nie harte Worte füreinander.

Das Wetter war sichtlich angenehm und schön, die Trauung fand auf einer Wiese vor einer Festhalle statt und es waren einige Dutzend Leute dort zugegen. Frank Riley sang ein paar Lieder und Pfarrerin Hermine hatte mit viel Feingefühl und Kreativität gepredigt. Ich hatte die Aufgabe einen Ring an meinen Bruder auszuhändigen, was mir natürlich eine Ehre war. Enie und Felix steckten sich beide Ringe gegenseitig an. Ein Kuss war zwar obligatorisch und doch wunderbar. Die Stimmung auf der Wiese war sensationell gut und es gab dort auch sogleich Kaffee und Kuchen. Dazu gab es erneut die Tradition mit dem gemeinsamen Schneiden der Hochzeitstorte durch das Paar.

Mutter Clara war erneut die erste am Kuchentisch, sie hatte sich vorgeschlichen und war prompt die Erste, auch wenn viele unter den Gästen diese Tradition mit Clara nicht kannten.

Ein amerikanisches Paar war ebenso zugegen und ich unterhielt mich mit beiden auf Englisch. Als Johannes mir – schon später in der Festhalle – davon berichtete, dass er mit dem Amerikaner gesprochen hatte, verwunderte ich mich und so fragte ich Johannes, wie sie sich wohl verständigt hätten, schließlich konnte Johannes kein Englisch. »Nun, so Einiges habe ich schon verstanden, und wenn nicht dann habe ich eben immer nur ›Yes yes‹ gesagt. So haben wir uns gut verständigt«.

Ich musste mal wieder über Johannes lachen. Er ist schon ein echter Kerl.

Diesen Ausdruck hatte auch Felix von sich gegeben, dann nämlich als Johannes auf Kur war und bei üblem Wetter in den Wald spazieren gegangen war.

Zurück im Krankenhaus stellten die Ärzte dann Herzrhythmusstörungen fest und Johannes musste eine kurze Zeit auf der Intensivstation verbringen. Als ich Felix telefonisch davon berichtete, kam dieser Spruch von ihm: »Was macht der Kerl da«?

Auch Felix ist dufte, sein Spruch zeigte ihn besorgt aber auch lässig. Er hat viel von Johannes mitbekommen, was charakterlich so gut an ihm ist.

Felix` Größe hat dieser Johannes zu verdanken, so wie ich heute meine Größe ebenso von unserem lieben Papa erhalten habe. Ich nehme ihn einfach zum Vorbild mit all den guten Eigenschaften, aber auch mit gelegentlichen kleinen Ausbrüchen. Felix und ich haben in den letzten Monaten viel von Johannes gelernt und viel mit ihm gelitten. Weinerliche Augen sind bei uns Brüdern schon mal als Normalität anzusehen, schließlich lieben wir unseren Johannes mit allen Eigenschaften, die er in sich trägt.

Sein Leid sollte nur kurze Zeit nach dieser Hochzeit beginnen und das Ende war ungewiss.

TEIL 5
2016-2017

1

»Enie ist schwanger«, meinte Felix und stand direkt neben ihr. Johannes, Clara und ich standen vor den beiden und es war als erste Clara, die aufschrie, positiv überrascht war. »Juhu«, sagte Clara dabei und Johannes hatte sofort ein großartiges Lächeln aufgesetzt, das ihn so liebenswert macht.

Als unsere Eltern gratuliert hatten, war auch in an der Reihe und so sagte ich »Gratulation« und gab Enie eine Umarmung und Felix einen Handschlag.

»Danke«, sagten die kommenden Eltern nacheinander zu mir und hatten in freudiger Erwartung eines Kindes ein Dauerlächeln aufgesetzt. Was gibt es da auch anderes zu tun als das? Die beiden hatten die Logik, die Aneinanderreihung von Ereignissen, angenommen. Vor Jahren sahen sie sich zu den Wochenenden, dann zog Felix zu Enie in ihre Mietwohnung. Später kam dann der Bau ihres eigenen Hauses, gefolgt von der Eheschließung. Und jetzt: Ein kleines Kind, das ihre Freude und Zusammengehörigkeit bestärken und sie erfüllen sollte.

Felix war schon sehr mit seligen Handwerkerhänden ausgestattet und so war es für Johannes nicht

verwunderlich, dass sie gebaut hatten. Johannes
traute das Felix durchaus zu, auch Reparaturen wären wohl ohne Schwierigkeiten von Felix auszufüh-
ren. Sein zweiter Sohn hatte ja auch immer wieder in
seiner Jugend dem Vater über die Schultern ge-
schaut. Er war reif und alt genug, sich das auch zu
merken und technische Angelegenheiten zu erfassen
und durchzublicken. Johannes schätzt das ungemein
an Felix, dass er sich auch im Handwerk – wie sein
Vater – auskennt. Beruflich gesehen hat Felix, wie
alle drei Geschwister – eine Laufbahn im Büro an-
gestrebt und ausgefüllt. Sogar ein Studium hatte er
sich zugetraut und mit tollen Noten geendet. Johannes hatte sich ab und zu das Vergnügen genommen,
Felix ein wenig auszufragen, in Dingen die er selbst
gerade nicht verstehen konnte. Als dann Felix in solchen Situationen meinte, er wisse nicht wie dies oder
jenes gemacht würde, da warf ihm Johannes verschmitzt und frech vor: »Du hast doch studiert. Wie
kann es sein, dass du das nicht weißt«?
»Papa. Ich habe Betriebswirtschaft studiert, nicht
Technik«.
»Ach«, seufzte Johannes verärgert, denn er hätte sich
gern das ein oder andere, das er selbst in der Technik
nicht kannte, angelernt. Er kann schon so Vieles.
»Aber Verputzen und Fliesenlegen, das liebe ich

nicht und das kann ich auch nicht«. Dieses Mantra musste er immer vorsagen, wenn seine Clara Verwandten Johannes` Hilfe zugesagt hatte. Beim Fliesenlegen muss man schon genau vorgehen und wenn ich mir jetzt die Fliesen in unserem Badezimmer anschaue, dann muss ich sagen: »Papa, die hast du dann doch vorzüglich gelegt und verputzt hast du das Badezimmer zuvor ebenso perfekt«.

Nachdem der zuständige Handwerker das Verputzen nicht richtig hinbekam, feuerte Johannes ihn und übernahm selbst die Aufgabe. Nach Einholen von Angeboten für die Fliesen, entschloss sich Johannes auch noch die Fliesen selbst zu legen. Es war dann wie ein Wunder, was er dabei produziert hatte. Geht nicht, gibt's nicht.

»Und wie weit bist du bereits«? fragte Clara mutig und gekonnt. Johannes meinte, sie sei wohl im dritten Monat, weil Frauen immer wieder die ersten beiden Monate noch stillhalten und schweigen, zu ihrer Schwangerschaft.

»Da essen wir nun Haxe dazu, nicht wahr Clara«?
Sie entgegnete: »Also ich habe dein Lieblingsgericht bereits fertig. Haxe, ja«.

Und es war tatsächlich Schweinshaxe, die Johannes so sehr liebte und hier zufällig zu diesem feierlichen Anlass bekam.

Wir saßen sodann am Tisch und Johannes schnitt die Haxen um dann jedem einen Teil davon in die Teller zu legen. Traditionell gab es dazu Kartoffeln und Chinakohl, wie auch an diesem Tag.

Zwar war die Haxe Johannes` Leibgericht, aber es gab da noch ein zweites Lieblingsgericht und das war bei Johannes die Ente, die es manches Mal im Jahr für uns und unsren Vater gab.

Johannes biss in die Haxe, er war erfüllt von der Neuigkeit um Enie und Felix, und er war sehr zufrieden über das Mahl an diesem Abend. Die Haxe duftete klar und gut und wir hatten alle einen guten angenehmen Geschmack von Claras Schweinshaxe in uns aufgenommen. Dieses Mahl gelang der Clara immer. Das war sicher. Die im Backofen gegrillte Haxe war ihr Paradebeispiel fürs Kochen und Braten. Sie hatte einfach ein Händchen dafür. Wo das Rindfleisch ihr wegen mangelnder Qualität des Fleisches nicht von der Hand ging, so gab es viele andere Gerichte, die das doch taten. Rindfleisch zu grillen oder zu braten ist ein schwieriges Unterfangen, denke ich. Und es gelingt oft auch nicht. Wo Spitzenköche auch nur ein *gutes* Resultat hervorbringen, ist im

Hausgebrauch an ein ›gut‹ nur selten zu denken. Es muss wohl überwiegend an der Wahl des Fleisches liegen, weniger am Talent des Koches.

Unsere Mutter Clara biss genügsam und genussvoll in ein Stück Haxe, es folgte ein atemberaubendes Stöhnen und ein breites Lächeln setzte sich auf ihre Lippen. Johannes lächelte sie an und meinte, sie habe das sehr gut gemacht. Was täte er ohne sie, dachte er und sprach: »Ich kann ja nur Bratkartoffeln machen. Gut, dass ich dich habe. Gut wie du kochst«.

Clara winkte ab und schmunzelte dabei wie ein liebes Kind, denn ihr kindliches Lächeln hatten sie und auch Johannes sich doch bewahrt. Wie erwachsen sie doch waren, so war die Freude doch kindlich und schön und alle mussten mitlachen, alle mussten sich gefangen nehmen lassen von ihrer strahlenden Wärme.

2

Einige Monate später kam dann die nächste wunderbare, sensationelle Nachricht für unsere Familie. Unsere Isabel verkündete ihre Schwangerschaft.

»Willst du mal spüren, Papa. Hier, spürst du wie es sich bewegt? Jetzt«. Sie legte Johannes` Hand auf ihren Bauch und er konnte es spüren, und ich konnte es sehen. Ich konnte sehen wie das Baby sich bewegte, und Isabel war schon ziemlich verwundert, wie phantastisch diese Bewegungen auf ihrer gespannten Bauchdecke waren.

In der Hochphase ihrer Schwangerschaft ließ Isabel Bilder von einer Fotografin machen. Ich durfte mit in den Wald um zu assistieren und die Fotografin bescheinigte mir, ich würde ein guter Onkel werden. Das schmeichelte mir, denn ich hatte mich verändert, hatte beim Fotoshooting Gefühl und Spannung in die Szenen mit Isabel gelegt, indem ich hier mal ein Tuch in die Lüfte warf und dort mal den Bollerwagen hinter uns herzog.

Im September kam das erste Enkelkind zur Welt und ich erinnere mich sehr gut an das Bild, als Enie und Felix zu uns auf die Einfahrt vorfuhren und Johannes sogleich aus dem Haus dorthin spurtete. Mutter Clara und ich warteten am Hauseingang, sodann sahen wir Johannes, stolz und freudig gestimmt, eine Maxicosi mit seiner weiblichen Enkelin darin zu uns herübertragen. Er war in diesem Moment der glücklichste Mensch auf Erden. Wie lange hatte er gelitten und jetzt diese Freude. Wie sehr sehnte er sich danach so schön zu strahlen? Wie oft hat er sich vorgestellt wie es mit Enkeln werden würde. Er, der er zwar ehrbar aber auch sensibel ist.

Johannes hatte zu meinem Geburtstag im Oktober bereits ein Lymphödem in den Beinen. Sie waren dick und schwer geworden und er konnte nur schwer gehen und gar nicht stehen. Er setzte sich in der Festhalle an eine Seite auf einen Stuhl und so verbrachte er den ganzen Geburtstag über dort. Theresa kam hin und wieder zu ihm herüber und sprach ihn an. Ich kann mich gut erinnern wie geschockt sie über Johannes Aussehen war, und das schmeckte mir überhaupt nicht, denn wollte man zu ihm stehen oder ihm eine Heidenangst einjagen? Eine Angst schnüren wegen seiner Verfassung? Nein, mir war das sehr fern und Theresa musste wohl auch gespürt haben, dass es falsch war, denn den restlichen Tag über zeigte sie kein Mitleid mehr, was wunderbar war, denn Johannes hasst es Mitleid für sich anzuziehen. Viel lieber lebt er mit aller Freude und Motivation in den Tag hinein, und hier – an meinem Geburtstag – in die Stunden hinein, die schön wurden.

In diesem Jahr begann ein Martyrium, eine Leidenszeit für ihn und somit auch für uns, allerdings muss ich sagen, dass ich ihn gerne unterstützte in den Monaten, die schwer waren, am meisten für *ihn* schwer waren.

Ich war dabei, als er stationär mit Lymphdrainage versorgt wurde, was zunächst keinerlei gutes Resultat hervorbrachte. Er musste weiter mit den dicken, wassergefüllten Beinen leben, zudem kam eine Chemotherapie, eigentlich waren es mehrere verschiedene Therapien, da man immer weiter wechselte, wenn die eine oder andere Chemo nichts half.

Als er im Krankenhaus auf die Köperwaage stieg, war er verwundert, denn er hatte immer um die fünfundsiebzig Kilogramm Körpergewicht gehabt, und jetzt das: Es stand eine neun davor und eine eins dahinter. »Die Waage stimmt nicht«, sagte Johannes und stieg von der Waage. »Wartet kurz. Ich probiere es noch mal«. Und wieder waren es einundneunzig Kilogramm. Ich war weniger geschockt, hatte mich im Griff und beruhigte wohl die Stimmung mit meiner Lässigkeit.

Johannes akzeptierte es nun und so musste er jetzt weiter gegen den Krebs ankämpfen. Der Professor brachte folgenden Satz hervor: »Sie kämpfen bis Sie untergehen, nicht wahr«?

Dieser Ausdruck war Johannes auf den Magen geschlagen und er war böse mit dem Professor, der zwar locker und keck bei den Visiten daherkam, aber hier ging es ums Überleben für Johannes, denn der Krebs hatte sich weitergebildet in seinem Körper.

3

Das Jahr 2017 begann wie das Jahr zuvor geendet hatte. Johannes ging es nicht gut und weitere Lymphdrainagen brachten nichts ein. Einen Sonnenschein bekam Johannes dann doch ab, dann nämlich, als am 4. Januar das zweite Enkelkind auf die Welt kam. Isabel und Malte gaben ihm den Namen Manuel und Johannes, Clara und ich fuhren mit gespannter Erwartung ins Krankenhaus, um das Neugeborene willkommen zu heißen. Clara und Johannes nahmen nacheinander das Baby in die Arme. Ich hingegen scheute mich noch davor, ein solch kleines, zärtliches Geschöpf in die Hände zu nehmen. Das Bild von Johannes mit dem Kind habe ich vor Augen. Ein stolzer, liebevoller Opa sah auf den Jungen und erkannte seine eigenen Augen in dem

Jungen, und seine liebreiche Ausstrahlung hatte das Baby auch noch.

Johannes war erneut glücklich bis über beide Ohren. Viele Jahre musste er ohne Enkelkinder leben, und jetzt waren es dann doch zwei an der Zahl.

Ich bemerkte wie Manuel und Johannes sich ähnelten, aber auch mit Malte und Isabel hatte Manuel Ähnlichkeiten bestimmter Art. Isabel musste sich nun von den Anstrengungen der Geburt erholen, doch wenige Tage später durften sie und der Sprössling nach Hause. Dort war bereits das Kinderzimmer für Manuel eingerichtet. Es war in blau und weiß gehalten, ganz nach Malte und Isabels Vorstellungen für ihren Sohn. Ein Kinderbett, ein Schrank, ein Sessel, eine Holzkiste und ein Wickeltisch waren vorhanden und sollten den Jungen zur Ehre gereichen, obgleich ich nicht weiß, ob ein solches kleines Kind schon Ehre für sich zu suchen vermag.

Nichtsdestotrotz hatte auch ich mich in den Kleinen verliebt und die junge Familie und wir Kamerers trafen uns wegen des Kleinen regelmäßig entweder bei Isabel in der Wohnung oder bei uns im Haus.

Dabei wiegte Johannes den Kleinen in den Schlaf, entweder im Kinderwagen oder auf Johannes` Brust. Er sang ihm einige Male ein altes russisches Schlaflied vor: »Baju baju…«

4

Er gab Manuel in den ersten Monaten auch ohne
jedwede Schwierigkeiten die Milchflasche und wi-
ckelte ihn - zusammen mit Clara. Manuel war schon
früh ein anständiger und angenehmer Mensch,
schrie niemals ohne Grund oder übermäßig viel. Er
war – auch äußerlich – ein Prachtjunge.

Johannes hatte Manuel im Schoß gehalten und sang
ihm ›Hoppe Reiter‹ vor. Bei einer solchen Unternehmung kam etwas Wunderbares vor. Manuel sagte
zum ersten Mal »Opa« zu Johannes. Opa war verwundert und glücklich zugleich und sagte: »Schön,
dass ich dich noch kennenlernen durfte, Manuel.
Schön, dass wir noch ein paar Monate zusammen
sein konnten«.
Clara nahm Manuel und sie gingen von der Terrasse
ins Haus hinein. Ich hatte alles vom Wohnzimmer
aus beobachtet und konnte Isabel mit Johannes
sprechen hören. Ich konnte zwar nicht vernehmen
was Johannes in diesem Moment der Isabel preisgab,
aber ihr Weinen und ihr Flehen, er möge doch nicht
aufhören zu kämpfen, das konnte ich durchaus vernehmen.

Unsere gemeinsame Zeit sollte bald vorüber sein. Gefühle kamen Gedanken zuvor, was diese Tage besonders und wunderbar machte. Wir schätzen Johannes für sein Durchhaltevermögen. Kein anderer hat so lange gelitten mit dieser Kraft, die in seinem Herzen lag. Kein anderer hätte diese Worte gesprochen wie sie Johannes in diesen Tagen sprach.

Johannes konnte all seine Bauten noch voll ausnutzen. Er ist ein Genießer in allen Lagen und in allen Dingen, die sich der Mensch so ausgedacht hat. Er fehlt uns als Mensch auch wenn wir ihn uns als Engel noch vorstellen können. Er ist immer für seine beiden Enkel da, um sie zu beschützen, und er hört die liebevollen Worte, wenn wir über ihn reden.

Er ist unser Held, heute und immerdar.

Und er ist für immer unser Vater im Himmel und auf Erden.